这是一支离别过往的歌，献给艺术、成长和爱情。

DO
NOT

leave me
alone

别让我一人
孤独离场

陈之遥 著
CHEN ZHI YAO WORKS

中国华侨出版社

图书在版编目（CIP）数据

别让我一人孤独离场 / 陈之遥著. —北京：中国华侨出版社，2014.5
ISBN 978-7-5113-4626-1

Ⅰ. ①别… Ⅱ. ①陈… Ⅲ. ①长篇小说—中国—当代 Ⅳ. ①I247.5

中国版本图书馆CIP数据核字（2014）第107792号

别让我一人孤独离场

著　　者：陈之遥
出 版 人：方　鸣
责任编辑：月　姝
封面设计：粉粉猫
经　　销：新华书店
开　　本：880mm×1230mm　1/32　印张：9　字数：165千字
印　　刷：北京博艺印刷包装有限公司
版　　次：2014年12月第1版　2014年12月第1次印刷
书　　号：ISBN 978-7-5113-4626-1
定　　价：32.80元

中国华侨出版社 北京市朝阳区静安里26号通成达大厦3层　邮编：100028
法律顾问：陈鹰律师事务所
发 行 部：（010）82068999　传真：（010）82069000
网　　址：www.oveaschin.com
E-mail：oveaschin@sina.com

如发现图书质量问题，可联系调换。质量投诉电话：010-82069336。

目录

Contents

一

那一年，上海

所有的一切都是那么平静、简单、一成不变，直到我爱上一个人，一个同龄的男孩子，方才体会到一种不一样的滋味。那种陌生、真切、微苦而回甘的滋味，绵延了之后的十年。

那一年九月，我还不满十六岁，什么也不懂，什么也没经历过。我无忧无虑，问心无愧，心肠硬得像个冰块儿。我喜欢的东西都来得容易，所以对于它们的热情也就同样来去匆匆。那个时候，我在一所不错的中学读书，成绩中等，说不上乖巧，最讨厌装模作样，但也从来没有惹是生非过。

唯一的问题是，我的家庭，有一点特殊。

我的爸妈曾经是同一所高校的法语老师。在我出生后不久，爸爸去法国读了个闹不清是语言文学还是比较文学的学位。然后，就跟换防似的，他回国，妈妈出国。但这一次，计划外的情况发生了。妈妈拿到她的学位之后，得到一个很好的机会作为外交人员留在欧洲。几年之后，她很自然地同爸爸离了婚，嫁给了一个在巴黎工作的美国人。不过，请放心，我没有因此变得脾气古怪或是自暴自弃。在那个年代，这样的事情似乎时常发生，甚至有不少类似的故事被拍成电影。他们很平和地分了手，双方都表现得像成熟的文明人，或是文明的成年人。离婚之后，爸爸依旧穿着米色风衣在一群二十出头的女学生中间忧郁地做风流倜傥状，妈妈每年都回来看望我，带来别致的衣服和新奇的礼物，让我在同学中间出尽了风头。

所以，到那时为止，除了班主任老师经常因为家庭原因，间歇性地对我的心理状况妄加揣测，我的生活一切如常。而且，比起身边同龄的女孩子们来，我总是有更加充裕的自由和更多的零用钱。我看电影，买唱片，读各种各样的书，花大把的时间胡思乱想和做白日梦。对我而言，那个年纪的生活充满了转瞬即逝的热情和厌倦，脑子里全是大而空洞的想法，既真挚，又简单，还免不了地有些浅薄。不过，有什么办法呢？那个时候，几何考试和看牙医就是我经历过的最痛苦的事情了。

所有的一切都是那么平静、简单、一成不变，直到我爱上一个人，一个同龄的男孩子，方才体会到一种不一样的滋味。那种陌生、真切、微苦而回甘的滋味，绵延了之后的十年。

那个男孩子就是周君彦。

那年九月，我们一起升入高中一年级。初中里，我就知道有这么一个人，和我同级不同班。同年级的男生里面，数他读书最好，又丝毫没有书呆子的迂腐。体育也很出色，游泳拿到国家二级运动员资格，长得更是老少皆宜的帅，爸爸还是区政府里一个不小的官儿。他是所有人的宠儿，数学老师欣赏他毫不费力地写出一道代数题的三种解法，女同学喜欢看他穿着短袖短裤在底线轻巧地跳发球，家长们做梦都想克隆这么一个儿子，校长则狂爱他的老爸。我，上课开小差，集体活动能躲就躲，但是，喜欢他，我也不例外。

暑假之后的第一个返校日，我走进教室，看见他正和一帮同学在打扫卫生。假期里我长高了很多，赤脚已经有一米七二，但他仍旧比我高半个头，穿着校服，白衬衣和藏蓝色的卡其裤子，手里拿着抹布，额角的头发微微汗湿，却还是一副干干净净的样子。他抬头看见我，叫不出名字，只笑了一下，算是打招呼。我被这个不到一秒钟的小小的表情迷住了，一切好像都是从那个瞬间开始的。

高中部的规矩是男生同男生、女生同女生坐。排完座位，我发现自己就跟他坐一前一后，非常开心。我的同桌叫韩晓耕，长发梳个马尾，放下来的话应该有齐腰那么长。一想到这么一把柔柔亮亮的长发就这么挂在他面前，我又觉得沮丧，因为自己是短得不能再短的短发。

回到家，我找了一张自己的证件照，用黑色墨水笔添上从耳旁挂到胸前的长发，怎么看怎么别扭，三五下撕掉了，可等到吃晚饭的时候，又莫名其妙地想起来，盯着爸爸问："你喜欢女的短头发还是长头发？"

"长的。"这位大叔回答得干脆利落。

"那我留长头发好不好？"我又问。

"你啊……"他瞟我一眼，"还是短头发好看，你的脸型适合留短发。”

“废话！那我就一辈子不能招人喜欢啊？！”我气急，白了他一眼，暗自下定决心一定要留长头发。但是，很短的短发要留长其实是很不容易的，总会有很长一段时间，头发半长不短的，难看得要命。结果，留头发这件事，我只坚持了不到两个月，就再也不能忍受顶着这样邋遢尴尬的发型坐在周君彦前面了。我又把头发剪短了。

初中里，我很喜欢在上课的时候看小说，或者就是单纯地胡思乱想。如果被抽到回答问题，我也不扭捏，坦白说：“老师，我没听清问题，能再说一遍吗？”然后同学们就笑了，老师就无语了。但高一那一年的课我上得特别太平，早晨不用叫就起床，七点钟不到就早早地出门，上课用心听讲，作业很认真地写，成绩变得很不错。爸觉得我是长大了懂事了，其实我只不过是怕在周君彦面前出丑罢了。

秋天快结束的时候，高一年级排了一出话剧《雷雨》，周君彦演周平，韩晓耕演繁漪。我就像是被人忘了，连个跑龙套的丫头也没轮到演。从前，我对这样的集体活动一向是没什么兴趣的，但是那次却觉得很失落。那出戏在十一月校庆的时候上演了，非常成功，戏里面的主角也自然而然成了全校的明星。渐渐地，学生中间开始传说，周君彦和韩晓耕在谈朋友。到底怎么谈的，也不见得有人知道，但是大家都很愿意相信。因为韩晓耕是公认的美女，脾气人缘都很好。生日的时候，请了五六十个同学唱卡拉OK吃蛋糕庆生，那在当时是很大的手笔。而且，她爸爸还是一家非常大的集团公司的老总，那一年刚刚买了本市第一艘私人游艇，神气地泊在市郊的码头，报纸上都有报道，说是用英镑买的，价钱写下来要点两个千分位的逗号。所以，如果有一个女生和周君彦在一起，能让所有人心服口服，似乎也只能是韩晓耕了。

整个学校近两千个学生里面，可能只有我不相信他们在谈朋友。韩晓耕或许对周君彦有意思，但是周君彦并没有对她表现出特别的关照，一直是大大方方的。有的时候，只是有的时候，我甚至觉得他更喜欢和我讲话。让我不舒服的是，韩晓耕是公认的漂亮，而我，乍一看简直就是个单薄的男孩子。倒也有人说过我是我们学校最美的女生，但说这话的却是一个邻校的太妹，风传是货真价实的同性恋，三个月才来一次月经。

原话是这么说的："你真白，我看你们学校就是你最漂亮了，来，跟着我混太妹。"

我心里很怕挨打，却还嘴硬，斜斜眼睛回答："还是不要了，你自己混吧。"

可能就是被那出话剧刺激的，不久之后，我报名了学校的排球队，破天荒地主动参加了一回课外活动，而且每次练习都不落下，只因为周君彦是男队的主力，训练的时候总能在相邻的球场上看到他。再加上我打球也打得不坏，有时发了一个好球，或是救起一险球，教练在场边叫好，他也会朝这里看一眼。

到了第二年的四月份，天气渐暖，为了准备一个校际比赛，排球队的人几乎每天放学之后都要留下来训练。一次做一个拦网的动作，我被队友撞了一下，手甩到网杆上，手背破了一个口子，肿起很高的一块，我没喊也没哭。体育老师过来看了眼说了一句："这个小姑娘吃硬的。"然后朝场外喊了一嗓子，"周君彦，你陪程闻瑾去医务室处理一下。"

男队的训练已经结束，周君彦正在整理器材。他答应了一声，放下手里的东西，跑过来，看看我的手说："还挺厉害的，快走吧。"看我穿着打球的短袖短裤，又问我，"你衣服呢？外面挺冷的。"没等我回答，他已经跑到场边一堆书包衣服那里拿了我的运动衫裤过来给我。我笨笨地穿，他怕我碰到伤口，就在一边帮忙着拉袖子。我觉得好多人都在看着，脸红得发烫。

到了医务室，校医在肿起来的地方按了按，确认没有伤筋动骨，就拿双氧水清洗了伤口，红药水紫药水涂了一堆，纱布橡皮膏包好，打发我们走人。回到排球馆，教练说今天就不用练了，让我先回家。我拿了书包出来，看到周君彦还没走，推了辆自行车站在操场旁边的香樟树下面，远远看到我就问："你现在回家吗？"

"回啊。"我答。

“骑自行车还是坐公交？”他又问。

“走路。我家挺近的，就在区图书馆旁边。”

“顺路，我带你吧？”他说话的时候低着头，眼睛看着我拿在手里晃啊晃的黑书包。

我没回答好，也没说不好，只是不自觉似的，很快低了一下头，他把那个低头的动作当成了点头，伸手接过我的书包挂在车把手上。于是，那个下午，我，手长脚长、头发短得不能再短的我，像小媳妇儿一样侧身坐在他自行车的后座上，出了校门。

路上，他回头对我说：“你挺勇敢的。”

“其实真的不太疼。”我装淑女，说的倒是大实话。

“你排球打得挺好的。”

“就是这学期刚刚学的。”我继续装淑女，也是实话。

“你弹跳力不错。”

…………

两个人都讪讪的，不知道找什么话题再说下去。

我决定不装淑女了，问他：“你喜欢短头发的还是长头发的女生？”

他愣了一下，说：“短头发的，我从前……我喜欢短头发的女生。”他很肯定地重复。

接下来两个人都不说话了。已经是傍晚，透过路旁梧桐树的枝丫可以看见一点点橙红的晚霞，校门口的小马路上尽是下班放学回家的行人和车流。我们听着路上嘈杂的声音，直到看见区图书馆，他问我：“再怎么走？”

“就是旁边那幢，我自己进去行了。”我从他车上跳下来，含含糊糊地做了个告别的手势。跑进楼里去了。因为不敢，或者不好意思，我一路都没回头。

那天以后，在学校里，我们依旧只是前后座的同学，只是好像有了个共同的秘密。这个秘密让我可以大度地不在意韩晓耕梳什么发型穿什么衣服，也无所谓别人嘴里在风传些什么。放学之后，我们经常一起走，他骑车送我到我家楼下。直到快放暑假的时候，我才知道，我们住得南辕北辙根本不顺路。我住在学校南面，而他家在学校的北边，把我送到家之后，他还要原路返回，再骑二十分钟的车才能到家。

最叫我开心的是，晚上他也会给我打电话。两个人天南地北地聊天，时间好像一晃就过去了。在那之前，我一直没什么知心朋友，所以这是我有生以来的第一次，可以畅快地告诉另一个人，我喜欢什么，我干了什么，我有什么感觉，我想干什么，而那个人毫无保留、不带偏见，关心我的想法，真心地想了解我。这可能就是一个十六岁的人能为另一个十六岁的人做的最好最难忘的事情了。

又一个夏天慵慵懒懒地来了。

周君彦问我："会游泳吗？"

"会，只会蛙泳。"我回答。

"假期一起游泳吧，我教你自由泳。"

我冲他点头，脸上带着笑容，心里憧憬着漫长得似乎望不到尽头的暑假。

那年的期末考试，我考了个史无前例的好名次。爸爸很高兴，远隔重洋的妈妈也特地打电话来问我要什么礼物，我告诉她，我要件漂亮的游泳衣。她一口答应，并且保证不会让我失望的。半个月之后，邮包寄到了，打开来一看却是一件白底墨绿色印花的比基尼。的确是漂亮，但那是里维埃拉式的漂亮，当年的中国高中生穿了是绝对走不出更衣室的。结果，我还是继续穿我那件黑色嵌白条的"Speedo"，纯粹运动员的款式。碰巧周君彦的泳裤也是黑色的"Speedo"，两个人看起来非常登对。

因为怕热怕晒太阳，大多数人要么去室内游泳池游泳，要么就游夜场。我们两个却偏偏反其道而行之，拣了一个离家挺远的露天游泳池，而且总是去游早晨八点钟的第一场。那个钟点人很少，经常是只有我们在游，偶尔才会有几个晨练的老伯，或是三三两两的小学生结伴来玩水。

到了八月份暑假快结束的时候，两个人都晒得黝黑。我已经学会自由泳和仰泳，泳姿还算漂亮，而他也终于低下头，笨拙地吻我。越过他的耳廓，夏末的阳光让我头晕目眩，我闭上眼睛，仍旧看得到一片模糊而炙热的橙色。细洁的嘴唇的触感，温热的池水，心跳和喘息的声音，分不清是他的还是我的，一瞬间周围只剩下这些。直到一群小学生疯叫着跳进泳池，我们才像触了电一样分开。我不敢看他，一头扎进水里，潜泳了很长一段，好让发烫的脸颊快点冷下来，直到不得不浮上水面换气。我畅快淋漓地划水，游得上气不接下气，尽管紧张得不像样，但心里还是毫无遗憾，几乎以为自己是世上最幸运的人，平生第一次喜欢上一个人，而那个人居然也喜欢我。

高二开学后不久，十月份，整个年级的学生拉去长兴岛学农，要在岛上住整整一个礼拜，农事当然是学不会的，只当是一次特别长特别远的郊游。我和韩晓耕被分在一个寝室，出操和劳动也都在一个组。上岛之后的第三天，年级组办了个烧烤晚会。我们俩分着吃了一堆鸡翅玉米烘山芋之后，周君彦跑过来，悄悄跟我说："明天早上带你去海边看日出。"

"几点？"我问他。

"四点天亮……"他这样回答，"保险点儿，三点半我来找你。"

晚上睡觉之前，我把手表的闹钟调到凌晨三点钟，又怕到时候醒不过来，就一直没敢睡着。好不容易挨到天蒙蒙亮的时候，听到外面很轻的一声自行车铃声，赶紧穿了衣服轻手轻脚地溜出寝室。他已经在女生宿舍楼下面扶着一辆破自行车等我了。

“哪儿来的自行车啊？”我问他。

“跟食堂的人借的。”他笑答，“上来，天快亮了。”

我跳上车，他带着我骑得飞快，到海边的时候，四下还是黑沉沉的，只有遥远的天边泛着一点灰白的光。我们在一块礁石后面背风的地方坐下来，还是很冷，他拉下运动外套的拉链，把我也裹在里面。他嘴巴里呼出来的气刚好扫过我的额头，潮湿而温暖。我耳朵贴着他的胸口，听着他心跳的声音，心里觉得很踏实。

“你为什么喜欢我，你不喜欢韩晓耕吗？全校男生都喜欢她。”我存心这么问他，一多半是开玩笑。

却没想到他想得很认真，捧起我的脸说：“我也不知道，我看见你就喜欢你了，你有一种特别酷的表情……还有，你的脸真小，眼睛真大。”

“你接下去是不是要说‘ET给家里打电话！’”我咧开嘴大笑。

他也笑，两只胳膊合拢来抱住我，说：“你真瘦，瘦得可怜巴巴的。”

“有一个暑假，我每天中午只吃冰激凌，那年我长高了五厘米，一斤也没重。后来我就老是胃痛，我们家没人管我。”我没打算诉苦，可真的说出来还真觉得自己挺惨的。

他大概也这样想，沉默了一下，说："那以后我来管你吧。"

我感动得要命，一下子搂住他的脖子，把他抱得紧紧的，说："说好了啊，你以后不许不管我。"

他看着我，很郑重地点点头，过了一会儿又问："你以后想考哪个大学？"

"我没想过，反正我要读个奇怪的专业，就是说出来我爸我妈都会气疯掉的那种。"我干笑了两声，转回来问他，"你呢？"

"我本来想考复旦，但是我爸要我出国读大学。"

"去哪儿？"

"打算去美国，我已经在读托福了……如果我去美国，你会跟我去吗？我是说，你也去那儿读大学……"

"你去我也去。"这是他第一次说起留学的事情，但我却答得毫不犹豫，心里升起按捺不住的向往和快乐，其中或许还混杂着一丝不可告人的朦胧的欲望——一个画面在我脑子里反复出现，一扇窗朝着不可一世的湛蓝的天空打开，房间里，我和他躺在狭窄的床上。到了那个时候，我们远在天涯，再没有人能阻止我们干任何事。在少不经事的时候，承诺就这样轻飘飘地说出口了，能不能兑现，谁也不知道，但是就在那个时候，两个人都没有片刻的怀疑。

遗憾的是，那一天我们两个都没能看到海边的日出。班主任在天亮之前找到我们，那时我正一头钻在周君彦的运动外套里面睡得很熟，远看起来我们俩就像是个长了四条腿的胖子。为了防止串供，我跟周君彦立刻就被隔离了，然后分别被骂了个狗血淋头。学农结束回到学校，班主任通知家长来领人，对我爸说了至少三遍“后果不堪设想”之后，总算放我回了家。他绝对想不到的是，我爸只是拍了拍我的肩膀，扔给我一部上下两卷的《第二性》，其他什么废话也没说。

经过了那次的事情，我和周君彦的交往完全转入地下状态，座位被换得很开，在学校几乎不讲话，只有半夜里偷偷地打打电话。

与此同时，我缠着我爸搞了一些托福考试的复习资料。

“不去巴黎了吗？”他说，“你嚷了有十年了。”

“不去了不去了。”我不屑地挥挥手，然后第一次开始认真地念英文，读原版小说，听美国短波电台的广播节目。

冬去春来，周君彦得了一个国际数学比赛的二等奖，托福考了很好的成绩，毕业之后申请美国的学校几乎不成问题了。而我的托福成绩不好不坏，课外也没有任何可以吹吹牛逼的东西，早早地就开始为了申请学校的事情发愁了。

四月份，妈妈回国来看我。时年四十三岁的她，穿一身奶白色的衣裙，戴着一串珍珠，微卷的头发松松挽起，周身带着些许若隐若现的香味，温柔而干净。她告诉我那是一种香水的味道，浪凡的，名字叫“雅弦”。我一下子就喜欢上了，央求她把随行带来的那瓶送给我。之后的几年时间我浑身上下都是雅弦的味道，直到二十三岁那年，我在纽约葛瑞尼街的一家香水铺子里买下一瓶“光韵”淡香精，方才发现那种梦境似的淡紫色液体比黑金色的“雅弦”更适合我。讽刺的是这两种香水表达的都是母亲对女儿的情感，对我来说，它们绝对做到了。旁人用香水隐喻爱情，我却在很长一段时间里用香水替代母亲。

按照多年的惯例，妈妈给我带来衣服、化妆品、唱片和原版书。不同的是，那一年她还带来了她的美国丈夫和一个在欧洲结识的朋友。

那个美国人没有什么特别的，是个脸色红润、身材微微发福的生意人，照时髦说法是“职业经理人”，看起来足有六十岁了，总是假惺惺地做出一副既慈祥又开明的样子跟我讲话，要不就是在我妈身边殷勤伺候着。妈妈很亲切地唤他“John”，也让我这么称呼他，我表面上遵命，私底下却管他叫囧叔，从心底觉得，他根本配不上我妈。

而那个朋友就惊艳得多了。她是我见到的第一个艺术家真人，名叫朱子悦，搞摄影的，她的作品那一年正在本市的美术馆里展出。人长得不好看，说实话是挺难看的，眼睛不大，无可救药的单眼皮，颧骨很高，大嘴。不过，她的头发很美，长度到肩胛骨下，带着一点柔和的棕色。她总是穿着黑色、灰色或是深紫色的宽大衣服和阔腿长裤。虽然那可能只是为了掩饰她太宽的髋骨，我还是情不自禁地觉得她有种不同寻常的风格，不像是从人间来的。

我猜不出她的年龄，仰面躺在喜来登酒店房间里六尺宽的大床上，问妈妈："她几岁？"

"我也不知道。"妈妈回答，"但是她有两个孩子，小的那个也已经在读高三了。"

"她老公是什么样的人？"我追根究底。

"她离婚很久了，现在很有钱，而且有个年轻的情人。"妈妈似乎也很有八卦的欲望。

我抓过一个缎面的抱枕蒙在脸上，笑起来："太酷了，我以后就想变成她那样的人。"

情人，我心里想，情人，我不太明白这两个字其中的意思，但肯定是不同于普普通通的恋爱或者婚姻的关系。我只顾胡乱琢磨，根本不知道自己很快就会见到那个"年轻的情人"了。

第二天，我穿着那件里维埃拉式的比基尼去酒店的温水游泳池游泳。在五星酒店，这样的泳衣不算是新鲜玩意儿，洋妞儿土妞儿都穿。我站在池边伸出一只脚试试水温，突然觉得好像有人在看我。我抬起头，发现上一层的玻璃护栏后面站着一个人，不高，挺瘦的，穿着暗红色的衬衣和黑色长裤，玻璃的反光让我看不清他的面孔。我没在意，一个猛子扎进水里，游到另一头再抬头，那人已经走了。

晚上，妈妈和囧叔带我出去吃饭。出发之前，妈妈告诉我："朱子悦和她的朋友也会来。"说话的同时神秘兮兮地对我眨眨眼睛。

我立刻就明白过来，惊喜地大叫："她的情人！"

我迫不及待地想要见识一下"情人"究竟长得什么德行，赶忙穿上妈妈带来的新衣服。那是条黑白镶拼的连衣裙，中袖，没什么腰身，长度到膝上五公分，下面搭黑色的尼龙袜和平底鞋，鞋口有个细细巧巧的蝴蝶结。打扮好了去照镜子，镜子里面的人看上去就像是个高个子半成熟的孩子，或者反过来说也可以——一个略带稚气的大人。妈妈穿了条黑色的连衣裙，银灰色缎子的翻领。囧叔喜气洋洋地看着我们，故作风雅地说了句法语："Quelle bonne chance d'être accompanié par deux belles filles！"（运气真好，有两个漂亮姑娘陪着。）

妈妈笑着把那个句子又说了一遍，纠正他含含糊糊曲里拐弯的美国口音。

我们到餐馆的时候，朱子悦已经到了一会儿了，一个人坐在一张看得见江景的桌子旁边，上身穿了一件浅灰色的薄毛衣，V领开得很低，露出大半胸部，不是年轻女孩的那种新鲜结实，但是依旧丰满光洁。

她跟大家打过招呼，对我妈说了一句："林晰去洗手间了。"

那是我第一次听到这个名字。

片刻之后，那个“林晰”来了，暗红色衬衫，黑裤子。看衣服，我认出他竟然就是我在游泳池见过的那个人。他个子真的是不高，我当时已经有一米七五，穿着平底鞋，和他差不多高。但是，他长得非常漂亮，是那种沾了点女子气的漂亮，五官精致，睫毛长长的，看起来也非常年轻，顶多二十三四岁。我心里想，这就是传说中的小白脸了，只不过他皮肤晒得有点黑，带着些阳光的味道。

我饶有兴趣地打量着他，他发觉了，也看着我。一顿饭的时间，我们都在互不相让地瞪来瞪去。结账的时候，朱子悦坚持她来请客，说这顿饭算是为林晰饯行的，因为他得到一个工作合同，就要去纽约了。

从餐馆出来，妈妈和囧叔送我回家。刚上车，妈妈就说：“看来是真的，他们分手了。”

我转过头看她，她说得有点意味深长，脸上却没有一点惆怅或者惋惜的表情。回想起刚才餐桌上的那两个当事人，也是差不多的样子，友好、平静，好像一点也不难过。我心里有些恼了，这帮人是怎么了？！如果我短暂的、简单的恋爱完结，我一定会难过得死掉，即使死不掉也会流许许多多的眼泪来悼念吧。

几天之后，我支支吾吾地跟妈妈说起，高中毕业之后，想去美国读大学。

“干吗去美国？”她有点吃惊。

“就是想去。”我不想解释。

“要是你想出国读书，干吗不去法国？”

“我又不会讲法语，而且……我喜欢西奥多·德莱塞和好莱坞电影。”我开始瞎找理由。

“你从前跟我说喜欢皮埃尔·洛蒂和基耶斯洛夫斯基的。”妈妈反驳。

“我现在更喜欢讲外星人的电影。”我随口回答，只因为突然想起来不久之前刚刚看过的《独立日》。

讨论的结果是——我赢了。我是很倔的，而且他们也总是随我去，美其名曰：尊重我的选择。仅仅有几分钟，妈妈很难过我不能和她一起在巴黎过几年日子。我曾经非常向往那样的时光：她可以教我说法语，检查我的功课。我们一起在餐厅的露天座吃午饭，看文艺电影，去博物馆，逛商店。手挽着手，就好像她从来没有离开过我一样。但是，因为周君彦，一切都不同了。而且，话又说回来，妈妈也没有难过多久，就开始跟囧叔商量我出国的事情。

参考了我的学习成绩，咨询了办留学的专业人士之后，他们得出的结论是：我高三退学，去美国读一年寄宿制高中，这样毕业之后可以申请好一点的大学。告诉我这个决定的时候，他们已经一并选好了学校，康涅狄格州乡下一所名叫达洛斯的私立中学，宣传册都拿来了，校园里有将近一百英亩的绿草和树林，从照片上看起来景色很美，距离纽约市以北大约两个半小时的车程。

妈妈说："林晰就在纽约，我可以拜托他照顾你一下。"

"那个小白脸？看上去就不是好人！"我叫起来。

"实际上是个好人。"

我不以为然，拼命摇头。

申请学校很简单，跟数学老师和英文老师要了两封吹吹拍拍的推荐信，托福成绩单，学校成绩单，自我介绍，父母介绍，美国老头儿帮我润色一番，另附上几百美金的申请费。暑假刚刚开始，我就收到了达洛斯寄来的录取通知书。

我拿去给周君彦看，他说："这样也好，你今年九月份去，我明年暑假肯定也已经在那里了，还不到一年时间。"

我有点犹豫，不舍得就这样一个人走了，却也想不出更好的办法，只能点头答应了。之后的那一整个暑假都是在游泳、填表格和准备签证面试当中度过的。说出来，可能很诡异，就是越白痴的人签证越容易。和我同一天面谈的有一个托福满分拿到伯克利全奖的大学老师，一个要去沃顿读MBA的五百强公司白领，两个人都是信心满满的，却都被毫不留情地拒掉了。回过头来看，其实只有两件事是最最关键的，钱和移民倾向。就像我，十七岁，高中没毕业，完全没有在异乡独立生活的能力，未来的十个月里将要付给那所寄宿学校几万美金的学费和膳宿费，还有一个担任跨国企业高管的美国公民作担保。总之，我是纯然作为一个消费者去美国的，他们包赚不赔。不过二十分钟时间，签证官低头写字，看都没怎么看我，就心不在焉地说："行了，你通过了。"

八月底，周君彦陪我去拿了机票，给我买了一个书包、一只水壶，做临别的礼物。快到傍晚的时候，我们从商店里出来，傍晚的空气潮湿闷热，东西向的马路尽头，失去光彩的橙红色太阳正在慢慢落下。他问我："晚上去我家吃饭好不好？我爸妈听说你要去美国了，想看看你。"

尽管不大愿意，我还是答应了。于是，那天晚上，我见到了伯父伯母的本尊。周君彦的爸爸个子不高，长相也不出众，看起来有种八面玲珑的和气。他妈妈倒是修长漂亮，显得挺年轻。相比之下，他长得更像妈妈。

客客气气地问了我一些个家里几个人几间房几头猪的问题之后，他妈妈对我说："君君明年去了美国，你们可以互相照应啊。"

他爸也在旁边附和："上次老韩也说打算让他女儿毕业了出国。要是她也去美国，你们又多个照应。"

周君彦正低头吃饭，头也没抬问了一句："什么老韩啊？"

"就是英华锦新的那个韩新华啊，他女儿也是你们的同学嘛……”

他放下筷子，打断他爸爸：“韩晓耕去哪儿关我什么事啊？再说美国地方大了，还能从洛杉矶照应到纽约去？”

我偷偷看了他一眼，发现他也正在看我脸色，就满不在乎地吐了吐舌头。

上飞机的那天是九月十六日。

在机场打包行李的时候，爸爸塞给我一个信封，里面是一张汇票和一沓二十块面额的绿色钞票，说应急用的，然后看着我做伤感状。我最怕这样的场面，赶紧没正经地说：“怎么现在才掏出来啊？心疼的吧。”

周君彦也来送行了，一开始还是高高兴兴的样子，帮着打包箱子、推行李车。直到我进安检之前，回头看见他站在原地呆呆地看着我，脸上带着一种小孩子一样的失落的表情，我突然觉得很难过。

我经历过太多次这样的场面了。从前，我是送行的那个，走的那个是妈妈。最开始的几次是大哭大闹不让她走，后来渐渐习惯了，伤心地看着她走，再后来，就无所谓了。而那一天，这种早已陌生的离别的感觉再次涌上来，就好像活生生地撕掉了身上的一部分，一时间还没来得及觉得疼，但是感觉一切都不同了，只留下空洞，不能填满的空洞。

二

／

林晰林晰

／

“在我还没想明白之前”，我已经成为我了。

飞机在纽约肯尼迪机场降落的时候，已经是当地时间晚上九点多钟了。出发前妈妈在电话里说，她拜托了林晰去接机。但是，我拖着一个三十二寸的行李箱在国际到达口看了一圈，却始终没有找到那个时髦秀丽的人影。就好像小时候到陌生的地方玩，一转眼不见了大人，我紧张起来。可刚开始觉得有点怕怕的，就听到有人叫我的名字，循着声音看见一个人朝我走过来，身上穿了件松松垮垮的灰色毛衣和旧牛仔裤，看面孔才认出来是林晰。

他似乎瘦了一点，脸上已经褪去了阳光的痕迹，变白了，打扮得更像是衣着随便的大学生，跟在上海看到过的那个穿暗红色普拉达衬衣的小白脸判若两人。

他走到我面前，没笑，也没打招呼，更没表示欢迎，只是伸手接过箱子，对我说：“快走吧，这里停车是计时收费的，快到时间了。”

于是我们就抓紧时间。我跟着他一路小跑，一直跑到了机场门口的车道边上，又遵照他的吩咐，“在这里等着，不要乱跑”。几分钟之后，他把车开过来了，一辆很旧的红色雪佛兰皮卡，车窗还是手摇的，车屁股后面的拖斗里团着一块黑色油毡布。

上车坐定，他好像还是没有要跟我聊聊的意思，我看看他，先开口了："你衣服穿反了。"

他低头看了看，笑了一下，把毛衣脱了，翻了个面儿又穿上，一边发动车子一边说："今天先到我那里，明天上午我陪你去学校注册。"

我含含糊糊地答应了一声："嗯。"

破车驶上公路，引擎发出不协调的杂音，好像很吃力似的，说不定什么时候就要散架了。我歪着头靠在车窗玻璃上，看着外面纷杂的车流和陌生的路牌，看了很久才转过脸来问他："你几岁啊？"

"二十六，怎么了？"他眼睛盯着前面的路回答。

"我在想是叫你大叔呢，还是大哥。"

"就叫名字好了。你妈就是让我来接你一下，没说要结亲戚。"

我心里想，这人还真是会撇清关系，有什么了不起，嘴上故意问他："你现在做什么工作啊？怎么开这么破的车，混得不好吧？"

"我给一家广告公司拍照，有时也给杂志社拍。"他回答，语气倒是不卑不亢，完全没有被我打击到的意思，说完又瞟了我一眼，“你说我该开什么车？”

“敞篷跑车。”我说，“你该开敞篷跑车，旁边再坐个艳女。”

“我要有那些钱早就辞掉工作了，等花完了再找活儿干。”他冷笑。

“辞掉工作去干吗？”

“去旅行，去很多地方。”他说，“你绝对想不到世界上有那么多那么漂亮的地方。”

我不以为然地撇撇嘴，又问他：“你上次去哪里晒得那么黑？”

“冰岛。”

“好玩吗？”听起来又冷又乏味。

“那里就像一块没切过的钻石。”他这样形容。

我不懂什么钻石不钻石的，心里想，浪子就是浪子，哪怕换了套行头，骨子里还是老花头。只是不知道朱子悦和他究竟是谁甩了谁，好奇，但没敢问。

林晰的住处就在机场所在的皇后区的东南片，一个人口密集的陈旧街区。他一个人租了一间挺大的半地下室，一个大通间，厨房起居室连在一起，另外用一扇铁皮移门隔出一小间卧室。房间打扫得出人意料的干净，零碎的东西全都收在白色半透明的塑料盒里整齐地码好，看起来一点也不像是一个二十几岁的单身男人住的地方。外面那半间留出了一大块空地，一面墙上挂着一卷三米多宽、灰白黑三色的无缝纸，旁边摆着反光板、一个微型摄影台和一组简单的电子闪灯。当然，这些名词都是后来才知道的，那天晚上我看到的只是一卷纸、几块板、几个灯而已。

他帮我把箱子拖进房间，问我饿不饿，要不要吃东西，然后指给我看厨房旁边两扇一模一样漆成红色的门，关照我：“左边的是卫生间，右边的是暗室，不要开右边的门。”说完还不放心，拿了张白纸，用马克笔画了个禁行标志挂在右边的门上。

我瞟了一眼门上那个红叉，做了个鬼脸。他可能看见了，却也没说什么，打开起居室的折叠沙发，告诉我：“你睡床，我睡沙发。等水开了，你先洗澡。”转头又补充，“记得别把热水都用光了。”

小气鬼，我在心里说，四下看了看，问他：“电话在哪儿啊？”

“对了，给你家里打个电话。”他扔给我一个砖头一样的无绳电话，“你妈那儿先别打了，天还没亮。”

娘娘腔，我在心里骂。两句话跟爸爸报完平安，又拨通周君彦家的电话，响了一下就有人接起来，就是他。

“你声音听起来好近啊。”周君彦说，“真想象不出来我们离得那么远。”

二十几个小时的旅行之后，我们相隔一万四千五百公里。我好像有很多事情想要告诉他，却又不知道从何说起，旁边还有一个几乎不认识的人听着。所以，我只告诉他，我已经平安到达，一切都好，就挂断了电话。

打完电话，我从箱子里拿了内衣裤和睡衣到浴室里洗了个超长的澡，一部分是因为心里难过，也有点存心跟林晰过不去的意思。等我吹干头发出来，林晰已经靠在沙发上睡着了，睫毛在漂亮的脸上投下长长的影子。我走过去踢踢他的脚，说："我洗好了哦。"说完就走到铁皮门后面的卧室去，一下跳上床钻进被子里。我在飞机上几乎没有睡着过，此时因为时差的关系，还是一点都不困。床上铺的灰色条纹床单像是刚刚洗过的，透着些干净的肥皂味儿，贴在身上干爽而略带着点粗糙，有种说不出来的舒服。我就那样蒙着头蜷着身子躺在那里，闭上眼睛，想周君彦，想我们一起做过的事，想将来的日子。

又过了半个钟头，才听到浴室的水声，应该是我把热水全用光了，林晰又重新烧的。我装睡，谅他也拿我没办法。他洗得很快，一会儿工夫就出来了。几分钟之后，"嗒"的一声，外间的灯关了，房间暗下来。我翻身掀开被子，睁开眼睛，看见冷冷清清的月光和路灯光从刚好露出街面的狭窄窗户透进来，隐约照亮这个灰色房间里的一切。夜已经深了，屋子里很静，外面偶尔传来夜行人的脚步声、咳嗽和讲话的声音。再远一点的地方，是车流声，更远处，一万种陌生的声音在高楼大厦形成的峡谷里回响。那一刻，我第一次真切地意识到，自己到了一个多远的地方。

黎明之前，月亮落下去，我终于浅浅地睡着了。不知道过了多久，床头的闹钟嘀嘀嘀地响起来，又很快被人按掉了。我哼哼了两声，翻个身继续睡。再醒过来的时候，天已经大亮，初秋清澈微凉的阳光照进房间，我揉着眼睛坐起来，一瞬间闹不清自己身在哪里，直到听见林晰在外间对我喊："快点起来，上午去注册，我下午还有事。"

我去浴室刷牙洗脸，换好衣服出来看见厨房的桌子上放着一杯牛奶，一个水煮蛋，旁边一个盘子里盛着两片夹着块奶酪的吐司。

他指指桌子上的东西，说："快点吃完，我们八点半出发，十一点多就能到了。"

"我不吃早饭的。"我一点也不领情。

"那从今天开始吃，不要生病了给我找麻烦。"他回答，没得商量的语气。

自打我记忆所及的儿童时代，从来没有人这样管教过我。我的父母总是忙于读书写作，接连不断地准备考试，同时用一种放任甚至于放纵的方式养育我。我觉得很新奇，今时今日一个几乎陌生的男人一本正经地教育我"要吃早饭"，而我原本还以为他是一个多么风流荒唐的人物呢。在这样一种奇特念头的驱使下，我真的吃了那顿早饭，直到上了车，还觉得胃里堵得慌，再加上就要到一个新学校，心里紧张，前一晚又没睡足，两个多小时的车程弄得我快吐了。

我们到达洛斯寄宿中学的时候已经快中午了。那所学校坐落在康涅狄格州西南部的一个小镇，算是个有山有水的地方。一条河穿过校园，校舍很有些古韵。林晰带着我在分管国际学生的秘书那里办了入学手续。学费和膳宿费已经提前汇到了，填了几张表格、签了几个名字之后，我拿到了学生证和宿舍的钥匙。钥匙上贴了个标签，上面写着：斯堪的纳维亚楼，四零九房间——我未来一年的“家”。从秘书办公室出来，林晰帮我把行李搬到宿舍安顿下来。同屋的是个金发的美国女孩儿，因为是假期还没返校，只看见一张八寸的照片摆在写字台上对着镜框外的空气俏笑。

“一周五天，早上七点四十五到下午三点四十五上课，星期三和星期六课后有体育活动。上课要穿校服和黑鞋，宿舍晚上十点锁门……”林晰临走又啰啰唆唆地把校纪校规用中文重复了一遍，最后问我，“你有我电话的对吧？”

“有。”我回答，做出一副不耐烦的样子，心里却有点害怕他拍拍屁股走了，只留下我一个人在这里，谁也不认识。

他点点头，真的走了，半个钟头之后，却又转回来，扔下一包东西和一句话：“用完了自己去买。”

我打开一看，全是牙刷牙膏之类的日用品，甚至还有卫生棉。

寄宿学校的生活就这样开始了，突然得叫我措手不及。

开头的一整个月，我都听不明白上课讲些什么。第二个月，我总算听明白了，但是回答不出问题。我一门心思读书，时间飞逝而去，根本顾不上其他，课余一有时间就是去学校图书馆上网。我和周君彦每天通信，我告诉他身边发生的每一件事，他也告诉我上海的事情。但是，历史可以证明，他并没有告诉我所有的事。

那个时候，我英文讲得很不好，却没有变成那种缩在角落里一言不发的怪物。我和同学的关系处得还算不错，可能是因为我既不内向也不扭捏，多数球类项目都玩得很好，也可能只是因为我很瘦。整个学期，我的室友和同班的一帮女生始终处于减肥中，用的方法绝对能叫她们的父母和医生吐血，概括起来就是少吃多吐，有段时间，甚至还商量着要逃去墨西哥做胃袋结扎手术。她们恨自己的食欲，羡慕我不到一百磅重，也因此爱屋及乌，喜欢上了我。

秋天很快过去了。那几个月里面，我的英文进步了不少，其他科目原本都有些概念，考试及格应该不成问题，只除了概率和微积分。常识里面应该是大学的课程才对，不知道为什么私立高中好像都会教这个。林晰隔个一两个礼拜就会打电话给我，每次都不会超过两分钟，问问我书念得怎么样，有没有生病。一开始我有点意外他居然还记得我，心里却很感激总算有个人会时不时地想起我，慢慢地，这种两分钟的简单问答就仿佛变成一种习惯了。

圣诞节假期之前，他来看了我一次，开车带我去几英里外的中餐馆吃饭，一路上还是那些老问题：书念得好不好？有没有生病？电话卡有没有用完？还有，什么时候放假？

我一一回答，半真半假地嘲笑他："你好像我爸爸啊。"

他冷笑了一下，说："噢哟，谢谢你，不用这么客气了。"紧接着又问我，功课有没有什么不懂的，什么时候考试。

"概率和微积分不会做，一点也不懂。"我眨巴着眼睛看着他。

"书拿来。"他伸出手。

"你会做吗？"我鄙视地看他。

他没理会我的怀疑，打开书，解释了一下基本概念，又帮我做了几道书后面的练习题。他讲得很形象很好懂，我做出一副茅塞顿开的样子。

"我是学工科出身的，数学很好的。"他得意地说。

"我还以为你是文盲呢。"我想也没想就说出来了，结果头上被打了一下。转头就忘了疼，又开始刨根问底，"那你后来怎么开始拍照片了呢？"

提出这个问题的时候，我其实已经做好了他翻脸的思想准备，答案几乎是肯定的：因为朱子悦。没想到他依旧心平气和，不慌不忙地告诉我，他大学毕业之后申请了一所法国的学校留学，但学的不是建筑而是油画，后来发现养活不了自己，就开始在朱子悦的摄影工作室做事，再后来自己也拍起照片来了。

“为什么要学油画啊？”我觉得听起来就很闷。

“因为让·巴普蒂斯特·柯罗。”他回答，“以后有机会我带你去大都会博物馆看他的作品。”

我不在乎那个什么什么柯罗的画，深吸了一口气，壮着胆子问他：“那你和朱子悦怎么会在一起的？”

“你妈妈真是大嘴巴，这些事情也讲给你听。”他埋怨了一句，却还是回答了我的问题，“因为她是那样一个人，在我还没想明白之前，我们就在一起了。”

“怎么样的人啊？”我追问。

他想了一下，回答：“Ugly-beautiful, ageless, irresistible.”（既丑又美，看不出年纪，难以抗拒。）说出这几个词的同时，有那么一瞬他的神情仿佛蒙上雾霭，让人猜不透他究竟是伤感、留恋，还是释然。但那只是一瞬间的事情，他很快又摆出家长的样子，正色道：“到此结束，不许再问为什么了。”

那个冬天的下午阳光温暖，我们在学校附近的树林和草地里散步。作为他回答问题的报答，我给他听我最喜欢的唱片，大多都是英文摇滚。

他摆弄着那些充满愤世嫉俗味道的灰黑色封套，说：“你这样的小女孩应该迷少男组合，唱唱简简单单的小情歌。何苦听这样的歌，这些是给那些被甩过三次以上的女的听的。”

我不知道怎么回答他，突然开始琢磨，为什么自己会早早地给自己的人生定下这样坚硬和悲伤的基调。或许，就像他说的，“在我还没想明白之前”，我已经成为我了。

新年就要来了。

学校要放两周的寒假，学生们几乎都走空了。每个电视台都在报道人们购买礼物和新年倒数活动的新闻。节日气氛很浓，扫兴的是，整个礼拜都天气阴沉。

妈妈打电话来说：“我和John在圣托里尼，阳光很美，你也来吧，不过签证可能来不及。”

爸爸打电话来说：“在翻一部新书，春节前要弄完，很忙，也不是长假期，你就不要回来了，在学校好好学习。”

电话打完，两个礼拜的假只过去二十分钟而已。我又拨了周君彦家的号码，可不是忙音就是没人接听。到晚上终于打通了，电话里他的声音听上去郁郁的，也不怎么讲话。

“你决定上哪个大学了没有？”我问他。

“还没。”他回答，然后就没下文了。

“你怎么了？”我又问。

“没怎么。”他还是那副样子。

“为什么不说话？”

“你说吧，我听着。”

“一个人说多没劲。”

他不回答。

“那算了。”我生起气来。

他终于打起精神，说：“我十二月三十一号晚上给你打电话，我们一起倒数吧。”

“哦。”我又原谅他了。

挂掉电话，我仰面躺在自己的床上，过了一会儿再躺到室友的床上去，然后又在地上躺了一会儿。侧过头看到室友的床底下藏了一个大纸盒，就拖出来打开，坐在地上看。里面是许多剪报、信件和卡片，我一张一张拿出来看，知道不应该却忍不住。横竖世界上只剩下我一个人了，我没觉得难过，眼睛里也干干的，就是想干点坏事而已。

正看着这个金发姑娘和她朋友们叽叽歪歪的满纸蠢话，电话铃响了。我接起来，是林晰的声音，懒洋洋地问我：“你们放假了吗？”

“你没睡醒吗？”我反问他，“现在是晚上八点哎。”

“今天几号？”他赶紧问。

“二十七号，你睡得日子都忘记啦？”

他松了一口气，解释：“我还以为睡了一天了，下午四点钟刚刚睡下去的，昨天晚上加班。”

“怎么想起我来啦？”

“睡到一半突然想起来你们好像已经放假了。”

“放假又怎么了？”我冲了他一句，转念一想，又换了种比较温柔的口气，“不如我去纽约找你玩吧？”

“别，我忙都忙死了。”

“好像最近所有人都很忙嘛！”我恨恨地喊了一嗓子。不知道为什么，我在所有人面前都忍了，却在他面前发作起来。

“学校里人都走光了？”隔了一会儿，他才问我。

“差不多。”我回答得很委屈。

他叹了口气，听起来像是在床上翻了个身，说：“明天下午自己坐巴士来吧。上车前告诉我时间，我去车站接你。”然后又补充，“别忘了多带几件衣服，我这里暖气不大足。”

我冷冷地，却又是满心欢喜地答应了。

第二天下午，我坐了两小时的长途汽车进城了。到车站的时候，林晰已经在那里等我了，还是不修边幅，哈欠连天。

我坐进他的破车，问：“先去哪里玩？”

“我要回去睡觉。”他回答。

“晚上又没睡觉啊？你在鬼混什么呀？”我嘲讽他。

“我在工作好不好。”他说着从抽屉里拿出一沓东西递给我，是一本地图和一张地铁票，“一会儿把你放在最近的地铁站，你自己去玩，人少的地方不要去，七点钟打电话给我。”

不管我怎么缠他，几分钟之后，还是被遗弃在地铁站了。那天下午天出奇冷，街头圣诞节的装饰已经不那么新鲜了，许多地方都早早地摆上了迎接新年的行头。我按照旅游地图上的指示，搭乘迷宫一般的地下铁，到了时代广场和洛克菲勒中心，又在大都会艺术博物馆转了一圈，却始终没有找到林晰提起过的那个什么什么柯罗。

傍晚时分，那个冬天的第一片雪花悄然落下。几乎同一时刻，许多人停下脚步，或抬头或伸手，短短几秒钟，匆忙、冷漠、老练从他们脸上消失，剩下的只是孩子般欣喜的表情。似乎也就是从那个时候开始，我特别喜欢冬天会下雪的地方。

天渐渐黑下来，我坐地铁到林晰住的地方附近，在一家咖啡馆里给他打电话，把他叫醒，然后就坐在靠窗的位子上，隔着玻璃望着街角，直到他那辆红颜色的破车出现在那里。许多年过去，我发现自己对这个城市的印象始终诡异地定格在那一个画面，苍凉里面一点温暖的颜色。

吃晚饭的时候，林晰对我说："这几天你就住我一个朋友那里，她和另外两个女孩子合租一间公寓，我跟她说好了。"

我有点意外，说："我就住你那里好啦，又不是没住过。"

"我不想睡沙发。"他说出他的理由。

"那我睡沙发，你睡床，行了吧？"我退了一步。

"不太好，人家还以为我欺负你。你还是到她们那里睡沙发吧，都是女的，没人会让你的。"他哈哈哈笑起来，看我有点不高兴，又说，“其实你们年纪差不多，应该很谈得来的。”

后来我才知道，林晰说的那几个姑娘就是传说中的模特了。她们三个人合租一套两间卧室的公寓，那栋房子在曼哈顿上东区，没有电梯没有门房，老得都快闹鬼了。三个人当中资格最老、比较有钱的那个占一间十二平方米左右的主卧，另一个次之，住十平方米不到的小间，第三个刚来美国不久，在客厅里拉个布帘子睡觉。那第三个人不属于合法的房客，平时要贿赂大楼管理员，如果房东来访就非得把铺盖卷都藏起来躲出去不可。不过，在纽约众多碌碌无名的小模特里面，这几个还算是条件不错的，有些姑娘从头到尾都只能有一张铺位而已。

林晰把我送到那里之后，说他还有事要做，很快就走了。所幸三个女孩子人都还不错，很客气地借给我枕头和被子，帮我在客厅布帘子外面一张不到一米宽的沙发上铺了床。但是那张沙发实在是短了点儿，我睡在上面根本伸不直腿。而且也不会有人让我先洗澡了，我最后一个洗，洗到一半水就冷了，只好随便冲了一下，一边哆嗦，一边在心里暗骂林晰那个小气鬼。

洗完澡出来，四个人一起看了一会儿电视。因为地方小，暖气又开得很足，房间里很热，几个姑娘就穿着背心短裤或是吊带睡裙走来走去。

那个住大屋的德国姑娘洛拉问我：“林晰说你是他朋友的女

儿，是真的吗？”

我说：“对啊。”

听到这个答案，她似乎放松了一点，笑道：“我们刚才还在猜你是不是他女朋友。”

“要是女朋友肯定住在一起啦。”我回答。

“那倒不一定。”洛拉笑着解释，“他那个地下室的暖气坏了，这些天他都戴着帽子睡觉。”

所以他才不让我住他那里？我心里猜想，可很快又骂，他那个人才没有这么好心呢！

不到十点钟，三个模特要睡她们的“美容觉”，早早地上床了。我没有自己的屋子，只能陪着早睡，躺在沙发上，蜷着身体，莫名其妙地就想起那间灰色房间里的陈设，床单干净却又不那么细腻的触感，想象林晰戴着帽子睡觉的样子……半梦半醒之间，似乎有一种陌生的情感在我心里滋长，就好像野花野草在被遗忘处生长起来一样。我曾经那么自由，在偌大的世界上茕茕孑立，而终于有一只手在不知不觉之间将我从过往的生活当中剥离出来，把我带到一个全新的地方，仿佛打开一幅画，把生活和未来指给我看，对我说：去吧，我总会在这里看着你。

第二天早上，几个女孩子天没亮就起床，简单地梳洗一下准备出门。我手忙脚乱地赶不上她们。不一会儿，林晰也来了，挨个儿和每个人吻了脸颊。轮到我，他坏笑了一下，也两边各亲了一下。

出了门，我发现大家都是分头去不同的地方，林晰告诉我：“她们那个行当现在是忙季，主要就是不停地面试，还有给设计师当试衣模特。”因为时装周在秋季和早春，这帮姑娘，以及其他一干人等，就得在夏天和冬天的极端天气里四处奔走。春天的这一次主题是秋冬服装，只不过是早早地为下一个冬季打算了。

整个上午，我都在林晰工作的那家广告公司的摄影棚里度过。他关照我在一边站着，不要出声，不许动任何东西，要是有人问就说是跟着他的。他自己和另外两个人一起拍摄一组静物照片。他拍照，一个女孩儿测光、举反光板，还有一个衣服上印着波士顿红袜队标志的男孩子在旁边打杂。我探头望望，发现三个人当宝贝一样围着的东西，不过就是小型摄影台上放着的几颗类似螺栓的东西。

好不容易等到午休时间，林晰才有空跟我讲话。他告诉我，这是给一家公司做产品目录用的。他自己在外面接的活儿比较有趣，也就是晚上在忙的那些事情。他在网上登分类广告，不时会有需要摄影师的人打来电话，大多是不太出名的设计师，服装、配饰以及珠宝，还有想当模特的姑娘要拍面试用的照片，当然有时也会有百无聊赖的女人请他去拍内衣照甚至裸照。说到这里，他半真半假地笑笑，我鄙视地看看他。

他带我去公司附近的一个小餐馆吃饭，说一会儿有个人在那里跟他接头。那人也是要做一本目录，不知道是嫌价钱太贵还是对他有意思，一件很简单的事情谈了好几次。我心里说，自我感觉还真好咧！愈加鄙视地看他。

十来分钟之后，来了一个头发理得很短的男人，三十几岁的年纪，穿着打扮都很正常，走进餐馆看到林晰，朝我们这里小小地挥了一下手，坐下来说不了几句话，就不自觉地脸红了几次。我不得不承认，他可能真的对林晰有意思。

林晰指着他对我说："这是安德瑞。"又转向那个男人，指着我说，"我女朋友杰妮。"

名字是编的，身份也是胡扯的，我在桌子底下狠狠一脚踢过去，他面不改色，一脚踢回来。不知道是不是因为我的出现断了那个安德瑞的某种念想，他们很快谈成了。最后，安德瑞问他："你女朋友能不能来当模特？"

我愣了一下，林晰也没立刻回答。

看我们都不表态，安德瑞补充道："她很不错，一半摇滚，一半学生气。"

那天我穿了件黑色的粗呢大衣，里面是衬衣、毛衣和牛仔裤。大衣是校服没错，可早已经脱下来扔在旁边位子上了，而且摇滚又在哪里？我眼拙，实在没看出来，可还是得意地瞟了一眼林晰。

没想到林晰那家伙根本没理我，直接对安德瑞说："只要价钱合适就行。"

“她又不是专业的，不是吗？”安德瑞开始讨价还价，报出一个数字，说是再多他就破产了，而且务必一个晚上拍完。

“干吗？”林晰问我的意思。

“行啊。”我托着下巴，懒洋洋地回答。

于是，在想明白联邦政府规定的最低工资都比这多之前，我就把自己给卖了。我后来才知道，有媒体把模特评为十大垃圾职业之一是有道理的，特别是当你的薪水只有这么可怜的一点。我质问林晰，为什么他没帮我讨价还价？他回答：“试一次吧，趁年轻的时候就该什么都尝试一下。”我表示不屑，他的年纪也并不是很大，搞得好像什么都懂似的。

拍照片的日子定在三天之后，地点就在林晰的那个半地下室里。因为，一直要等到那个时候，管理员才会过完他的圣诞节回来上班，修好那里的暖气。也就是说，在那之前，林晰还得戴着帽子将就三个晚上。

那天傍晚，安德瑞很早就到了，带来十几套罩着透明防尘袋的衣服，一手推着一个带滑轮的铝合金衣架，一进门就忙不迭地把衣服一一挂好，仔细地整理。林晰躲在暗室里忙他自己的事情，我一个人横躺在沙发上翻一本画册。

过了一会儿，另外两个模特也到了，化妆师也来了。化妆师是女的，穿一身黑色，装扮里面带了那么一点点不易察觉的朋克味道。她打开一个黑箱子，花了差不多两个钟头在三个姑娘脸上涂涂抹抹，时不时地抱怨晚上光线不好，还说多云天气，下午四点钟左右，窗边的位子，才最适合她工作。

我们化妆的时候，安德瑞就坐在旁边的地板上跟我聊天。他告诉我，自己在布鲁克林一个纺织成衣业者聚集的街区有个小小的工厂间，倾家荡产全都压在那个满是线头零料的地方了。说完就远远看着他带来的那些衣服，看了一会儿突然跳起来，跑过去摆弄其中一条裙子的滚边。

发型师迟到了一会儿，人很矮小，白衫黑裤，除了左手上戴了好几只镶着半宝石的银戒指，整个人看起来异乎寻常得正常，跟我想象当中干此类行当的男人完全两样。他一边弄头发，一边埋怨说妆化得不对。化妆师跟他争论起来，安德瑞也过来凑热闹。三个人一直吵到林晰听见了，从暗室里出来，让他们挨个儿说出自己的想法，然后又说了他的意见，大家都点头，争端解决了。我像个傻瓜似的坐在高脚凳上，看着接二连三发生的新鲜事情，惊讶地发觉自己竟然有点佩服林晰了。

钟走到九点，终于开始拍照片了。到那个时候为止，我已经一动不动地坐了很久，腿都快麻了，画眼线的时候又流了好多眼泪，头发看起来很好，摸起来又黏又硬，一手的发胶。我第一次知道做模特原来也不是那么容易的，而更难的事情还在后面。

倘若换了有经验的姑娘，摄影师可能只需要说一句：“你自己动。”然后按按快门就行了。碰到我这样的，就麻烦了。怎么站，手放哪里，眼睛朝哪里看，林晰几乎是一个一个动作地教我摆的。十多套衣服全部拍完，已经是凌晨三点多了。其他人都走了，林晰把拍摄时用的拨拉片拿给我看，一列两寸大小的照片上，我看起来居然还不坏。

他也在旁边一起看，一本正经地评价："你有一点蛮好的，就是不管镜头对着你还是不对着你，你都是一个样子，不会一看见镜头就变得很僵，很多人都做不到这一点。"

我得意起来，他看见我欣喜的表情，又一盆冷水倒下来："不过，你做不了模特这一行，太放松了，没有腔调。"

我不服气，反驳他："这些照片不是很好吗？"

他立刻回答："因为是我拍的，换了其他人老早把你骂死了。"

这个，我倒是承认的，换了其他人真的要被骂死了。几年之后，有个模特经纪看到那些照片。他告诉我，那时的我其实非常适合在纽约混模特这个行当，因为我看起来有些"边缘"，又不是很"边缘"，刚好介于伦敦的瘾君子风格和巴黎的经典女性形象之间，而这个中间地带，就是纽约。对于模特来说，这是个再好不过的地方，不必太瘦、不必太坏，也不必对自己太苛刻。但是，这种折中对摄影师来说就不是好消息了。林晰总是觉得纽约太过中庸了，他始终不太喜欢这个老生常谈的地方，却不知道为什么在那里待了很久很久。

而我则花了更长的时间，才慢慢搞懂林晰的意思——为什么我不适合做模特？我太固执于自己了，神态、表情、动作，不愿意妥协或是改变，可能只有最宽容、最耐心的眼睛才能发现我好的一面吧。

十二月三十日一大早，我就开始反复地打周君彦家的电话，想告诉他我在纽约的号码，但他家的电话还是没人接听。我算了一下，已经差不多有一个礼拜没有联系到他了，有点担心他是不是出了什么事情。

忐忑不安地过了一天，到了晚上，林晰不知从哪里搞到两张小范围试映的电影票，带我去看。那是一部欧洲电影节上获奖的影片，换而言之，是一部诡异的电影，银幕上充满了浓郁的颜色和激烈的情感冲突。当女主角脱得光光地在树林里悲愤地乱跑，我突然意识到此时在上海已经是十二月的最后一天了。

我在黑暗里不声不响地坐了一会儿，然后对林晰说："我要回去接个电话。"

不等他说什么，我就站起来挤出去，一路跑出电影院，到街上拦下一辆过路的出租车，上车对司机说了学校的地址。车子发动，我回头隔着车窗玻璃看见林晰也出来了，正站在电影院外的霓虹灯下朝这里眺望。我看不清他脸上的表情，不过，的确有那么一会儿工夫，我很想让司机停车，下车跑回去，跟他说一声，我要去哪里、去干什么。但是，一生当中就是会有这样的时刻，你不想将来或是过去，甚至根本不能思考，当时周围的一切都失去意义，你一心去做一件事，哪怕到头来觉得自己蠢得可以。几年之后，我在有线电视台又看到那部电影，终于记住了片名——《Hilary and Jackie》，中文名经常被译作《她比烟花寂寞》。

到学校门口的时候已经将近十二点了，我在黑色的铸铁大门外面按了很长时间的门铃，没有人应门。出租车早已经掉头开得很远了，我只好沿着积雪的细石车道走回公路，站在黑黢黢的路边上努力分辨方向，然后向西步行了一刻钟左右，在遇到的第一个电话亭里打电话给学校值班的大妈，随口瞎掰说："抱歉哈，飞机晚点了，刚刚到学校门口，麻烦来帮我开开门吧。"放下听筒，犹豫了一下，又拿起来，拨通林晰家里的电话，接电话的却是个女声，是洛拉。

她听到我的声音就叫起来："上帝啊，瑾，你在哪里？"

"我回学校了。"我说，奇怪她干吗这么大惊小怪的。

"林晰在警察局，他以为你回我们那里了，等到十一点钟还没有看到你就报警了，他记下了你坐的那辆车的车牌……"

洛拉还在不停地说，我打断她，说了声再见，挂掉电话就拼命地朝宿舍跑，怕林晰再打来电话发现我不在宿舍里。进门的时候，电话铃果然在响。我来不及开灯就接起来，黑暗里，突然发觉自己有点害怕他的反应。

“你回学校了？”真的是他，声音很平静。

“嗯。”我不知道说什么好。

“那早点睡吧。”他轻轻地笑了一声，先挂断了电话。

我知道他生气了，一秒钟的内疚之后，我也生气了。我跟他说过我回去了，是他自己误解了，怪谁?

第二天，我一觉睡到中午，周君彦的电话来了，对我说：“上次忘了说是美国时间还是中国时间。上海马上就是新年了。”

听声音，他好像挺开心的，又好像不完全是那么回事。不等我分辨出那背后是什么，他突然很轻地说了一句：“你走的那天，我应该亲你一下的。”

很长一段时间，那句话一直留在我脑子里，在右耳边上一遍一遍地重放：“你走的那天，我应该亲你一下的。”可能是吧，我在心里回答。那个时候，我们总有那么多事情想要做，却总也做不到。我走的那天，我们根本没有机会单独说什么，更不用说吻别了。唯一留下的纪念只有在机场拍的一张合影，底片还在我爸的照相机里，不知道何年何月才会去印出来，又会不会想到寄给我。我只能靠记忆想象那张照片的样子：周君彦对着镜头微笑，而我漠无表情（那就是我在那个年纪最经常的表情），他的右手搭在我右边的肩膀上。整整四个月过去，我仍旧清楚地记得那个不到两秒钟的接触，隔着T恤和一件薄毛衣仍旧可以感觉得到，手指哪怕一丝一毫细微的动作，手掌的温度，不是热也不冷，却是一种无名的引力。

我不知道他为什么会突然想到那天的事情，心里却莫名其妙地觉得很难过。我仰面躺在床上，打断他，问：“你到底什么时候来啊？”话一出口，眼角就湿了。就是这一句话让我回想起所有的事情：一个人拖着行李在洛杉矶机场狂奔赶去纽约的飞机；大过节的被遗弃在这个鬼地方；凌晨独自在雪地里走，手和脸冻得快没知觉了……在这些事情发生的当时，我并没觉得有什么大不了的，现在却觉得委屈得要命。

他沉默了一下，回答：“我已经申请了波士顿大学了。不是很好的学校，应该可以录取的。”

“真的？怎么不早告诉我。”我高兴起来。

“这个就是保底的。”

“那我放完假也去波士顿看看。”我说，“前几天打你家电话都没人接，怎么回事啊？”

“没什么，就是有点事情去亲戚家了。”

“我挺怕你突然说不来了。”

“如果我不去了，你怎么办？”

“当然回去找你算账啊。”我说，“你会不来吗？”

电话里传来焰火和鞭炮的声音，星球的另一面，新年已经来了。喧闹声的间隙，他说：“不管怎么样，我肯定会来找你的。”

三

／

她比烟花寂寞

／

为什么人们总是说女人会永远记得第一次的感觉，

因为，那种醍醐灌顶式的疼痛，浸透整个身心，

足可以在你的记忆里剜出一个洞，

再镶进另一个人的一部分。

春天来临之前，发生了几件大事。

先是林晰结束掉原来的工作，开始为一家时尚杂志社拍照。那本杂志以十六七岁女孩子为目标群体，虽说离一线还有很长的路，但总算不用再围着螺栓螺帽打转了。农历春节之前，他到学校来看我，给我一个深红色皱纹纸包的盒子，打开来是一部红色的手机。

“干吗送我东西啊？”我问。

他呵呵呵地冷笑，说：“省得再给警察叔叔找麻烦。”然后拿出一个同款的黑色的，拨了一个号码，我手里那个响了，他拿过去，设了一个快捷号码。

“我不喜欢红的。”我说，“你那个黑的挺好看的，我要那个。”

“不行。”

“你做人情就做得地道点，我最不喜欢红颜色了。”我伸手去抢，他不躲，笑着看着我，任由我把他的电话拿过去，红的丢回给他。后来，那对电话我们用了五年时间，始终是彼此的第一个快捷号码。

第二件事就是我爸交了个女朋友。更准确地说，是已经交了一阵的女朋友，终于正式告诉我了。那个女的从前是我爸的学生，上学的时候就喜欢上我爸这个中年大叔了。而且大叔对人家也有意思，做毕业论文的时候，特别挑了她的选题。该选题说起来也实在劲爆，原文不记得了，反正中心思想就是论述法国文学史上的不伦之恋。结果，那个学期，我隔三岔五地就能在家里看到这位女同学，恭恭敬敬地坐在大叔身边，桌子上一把彩色水笔，一厚叠A4纸，纸上改得那叫一个五彩斑斓。几个月后论文做成了，大叔带着些许伤感，写了一封热情洋溢的推荐信助此女到巴黎留洋。不想淑女情长，几年之后，人家又飞回来了。

“爸，其实这样挺好的。”我在电话里说，不是心里真的觉得好，而是没有我反对余地的好。

“你这么说，爸爸很安慰。”大叔还挺能演。

“就这样吧，新年快乐。再见。”还是我先演不下去了。

放下听筒，我一把拔掉电话线，把电话机扔了出去，宿舍门没关，电话飞出去老远，砸在对面房间的门上，“嗵”的一声，塑料碎片落了一地。室友和几个来串门的女孩子惊愕地看着我，我平静地解释：“我爸要跟一个二十几岁的女的结婚了，以后我没有家了。”

“哦！”姑娘们与其说是叹息不如说是欢呼，“欢迎加入达洛斯孤儿俱乐部！”

在这里，我总算不是特殊的了。

第三件事就是，农历小年夜的早晨，我收到周君彦的电邮，正文只有一句话：

小闻，不知道怎么跟你说，我今年不能去美国了。你不用回来找我，好好读书，以后我会来找你的。

我反复看了几遍都不懂他究竟是什么意思，直到上课要迟到了，才抱着书和作业本跑去教室。好不容易熬到下课，我在教学楼中庭的公用电话上打他家的电话，响了一下就有人接起来，正是周君彦：“我知道你会打过来的。”

我努力控制住自己的声音，问他：“你说不能来了什么意思？”

“我家里出了一些事情，你先别打断我，听我说完。”他说，“你不要去打听是什么事，我不想你从别人那里听到，到时候我会给你一个交代。我今年不能去美国了，但是我们肯定不会分开的。”

“我们现在就没有在一起！”我冲着电话听筒叫起来。

他没理会我的话，停了一下，问我："你相信我吗？"声音里透着从来没有过的坚决，听上去完全不像一个十几岁的少年。

"我相信你。"我这样回答。

实际上，我并没像他关照的那样不去打听。那怎么可能呢？！我没有去上剩下的课，给一个从前的同学打了电话。那人很吃惊我这么一个人竟会想起来给他打电话，我也没什么心思跟他寒暄，直截了当地问："周君彦家里最近出了什么事，你知道吗？"

他说他也不太清楚，不过好像跟韩晓耕有点关系，他们两个最近总是在一起，请假也一起请，两个人成绩都没有从前好了。

我又问是从什么时候开始的。他想了想，回答："大概去年十月份，就是你走之后不久。"

我说："哦，知道了，谢谢。"

挂断电话已经是上午十一点钟了，学生们都在上课，我不确定是不是要再打电话给周君彦，打过去，我又该说些什么。我漫无目的地在走廊里走了一会儿，碰上一个老师，问我哪个班的，为什么这个时候在外面晃？我回答说身体不舒服，请了假回去睡觉。禁不住有点佩服自己了，真是瞎话张口就来。走出大楼，天气很糟，没有一点阳光，远处的天边团着一片乌云。我在冷风里站了一会儿，然后沿着河边走，一直走到树林深处，在一棵栗子树下坐了很久。

许多年之后，我跟林晰说起那时的感受。那是种很奇怪的经历，就好像突然变成了个无家可归者，周围再没有什么东西，或者什么人是和你有关系的，而你就像是衣不蔽体、食不果腹，不知道自己从哪里来的，又要到哪里去。林晰告诉我，他也曾有过同样的感觉，而且当真在公园的长凳上睡了大半夜。不知道是不是真的。

傍晚，我回到学校，给周君彦回了信，也是一句话：

我都知道了，不要再联系了。

之后很长时间都没有收到回信，我渐渐地也懒得再去查收那个邮箱，直到把地址和密码全都忘了。

我短暂简单的恋爱完结了，但日子还是一切如常地过下去。

春天来临之前，我去了一趟波士顿，拿了些资料，看了看那里的校园。波士顿大学就在市区，半开放式的，学生很杂，没有想象中象牙塔的气氛，却很合我的心意。回去之后，我很快寄了申请资料过去，三月份去面试了一次。夏天快要来临的时候，收到了录取通知书。之后就是申请宿舍，延长签证，考试，拿毕业证书，等等。

毕业典礼在六月举行，学生们合唱《Auld Lang Syne》（友谊地久天长），把蓝色方帽抛向天空，朋友们拥抱着合影。林晰作为我唯一的亲友参加了典礼，给我拍了几张照片留念。后来，他把照片印出来给我，我直接分成两份寄给了爸妈，自己一张也没留下。因为，我实在不需要什么东西来提醒我记住那段日子。

颁毕业证书的仪式结束之后，林晰问我："暑假回不回家？"

我说："不回。"

"那去纽约吧，我给你找个工作。"

我摇头，懒得解释，一心只想到一个都是陌生人的地方去。他没再说什么，拍拍我的肩膀，走了。我看着他的背影，觉得他至少有一个地方很好——不缠人，总是知道什么时候应该闭上嘴巴。

晚上是毕业舞会。黑暗里面，一个男孩子热情地看着我的眼睛，拉着我的手，把我带到远离人群的地方。我们在初夏的月光下面朝树林走过去，一直走到只能依稀听见音乐声，他把我拉到一棵树的阴影里，紧紧地抱住我，吻我。我不喜欢，但还是接受了，过后怎么也想不起他的名字，杰瑞或者杰弗瑞，反正都差不多。

几天之后，我开始朝波士顿搬家。整理完东西，发现自己所有的，仍旧是来美国时那只三十二寸的箱子。舞会上认识的男孩儿让我搭他的车子，说自己就要去剑桥城的一所名校读书。拖拖拉拉到傍晚才出发，车开到中途，他驶进一条岔路，停下来，又试图吻我，一只手伸过来解我衣服的扣子。我觉得讨厌得要命，推开他，下车自己把行李从后备厢里拖出来，扔了二十块钱给他做车费。他的车子开走之后很久，我还在浑身发抖，等平静了一点，才拿出电话打给林晰，对他说："你能来接我吗？"就连这一句话说得都很艰难，声音听起来怪怪的。

他问我在哪里，没有其他的问题，只是说："在原地等，不要乱走，不要搭别人的车，我马上过去。"

两个半小时之后，他的旧雪佛兰来了。我上了车就趴在仪表板上放声大哭，他把我揪起来，问我出了什么事没有。我摇头，然后靠在他身上继续哭。那天，他穿着一件没有印花的黑色T恤，肩膀和胸口都被我的泪水浸湿了，勾画出一个奇怪的图案来。我哭完了，仍旧靠在他肩膀上，他就那样让我靠着，一只手轻轻地拍拍我的后背，静静的，什么都没有多说。

天完全黑下来，他带我回纽约。他住的地方还是去年那个样子，灰色、干净。我累极了，没吃晚饭，洗了澡就睡了。第二天早上，他把我喂饱，然后开车送我去波士顿。我坐在副驾驶位子上，又开始讨厌他，前一天来救我，第二天又把我送走，也不问一句："你想不想留下来啊？"不过，那是一个阳光灿烂的大晴天，璀璨的光线像钻石的火彩一样耀目，足可以扫除一切阴霾，把所有东西都照得鲜明艳丽。我又变得信心满满，觉得自己有本事在那个完全陌生的城市活下去。

我选的专业是烂了大街的企业管理，申请到的宿舍离管理学院也不远，里面住的大多是一、二年级的学生。屋子依旧是两人合住，因为是暑假，暂时只有我一个人。后来，我看过一个讲概率和赌博的电影《二十一点》，偶然发现男主角的宿舍根本不是片子里说的麻省理工学院的，而是波士顿大学的新生宿舍——“双塔”。那里还是几年前的样子，一点都没变。我在那里住了两年，直到三年级的时候，搬去康蒙维尔斯街的沃伦楼。

我在管理处办了手续，交了钱。林晰帮我把箱子搬到房间里，才刚放下箱子，我就满不在乎地对他说：“行了，你走吧。再见。”

他大约也习惯了我的过河拆桥，看着我苦笑，说了声“再见”，就挥挥手走了。

一个人在一个完全陌生的地方生活，做起来没有说说那么容易。那段日子里，我总算弄明白了一件事情：如果说孤独也有颜色，一定跟黄昏的颜色差不多。因为，每天那个时刻，我靠在窗边看着太阳西沉，沸水一样让人痛到窒息的感觉就会逐渐升起，弥漫开来。很多天过去，我仍旧没有打扫房间，也没把行李箱里的东西整理进衣橱里去。好像这样，我独自流落异乡就还不是既成事实的事情。

四处闲逛了几天之后，林晰打来电话，说一个他认识的人要在波士顿请个摄影助理，如果我愿意，可以去试一下。那个时候，我已经有点知道，他嘴上轻描淡写的一些东西，其实都很用心。刚巧碰上我也是个口是心非的人，听到这个消息，心里高兴得跟开了花似的，嘴里却说："远不远啊？我先去看看再说。"

结果那个地方还真挺远的，单程就要一小时。林晰说的那个人是一个台湾大叔，在美国混了八年了，诨名迪克森，已经在商业摄影圈子里小有名气，新近在波士顿市郊租了个很大的摄影棚，倍儿有排场。我第一次去正好碰上他们接了一个大活儿，一堆人众星捧月似的围着一辆新款宝马车忙活。我四下看了看，三米多高的U形无缝墙，从房顶上吊下来的八槽巴赫导轨，遥控光屏……叫得出名字的叫不出名字的应有尽有。

忙完一阵，迪克森大叔过来招呼我："林晰跟我说过你，你是Catherine的女儿对吧。我在巴黎的时候见过你妈妈。"

我很乖巧地点头，心里暗骂，搞了半天还是靠自己老妈的关系。半小时之后，从摄影棚出来，我打电话给林晰，质问他："你怎么不早告诉我那个人是我妈的朋友？"

"有关系吗？"他反问，光是那语气就听得我心头火起。

"我就是不愿意老是靠他们。"

"上次看你穿的那双鞋挺好看的，是你自己挣钱买的？"

"去死吧你。"我一下挂掉电话。

他马上又打过来："你别告诉我你不干啊。"

"干吗不干？我闷死了也没人管我啊。"

他停了一下，又开始教训我："工作就是工作，没人会因为你是谁的女儿特别关照你的。还有，他们那帮人喜欢到处瞎混，你能不去就别跟去。实在推不掉就自己小心点，不要跟不认识的人搭讪，不要喝酒，麻醉剂一定不能碰，看紧自己的杯子……”

“行了，‘老爸’。”我揶揄他，转念一想，又问，“你明知是火坑，怎么把我往里推啊？”

他呵呵呵地笑起来，说：“真实世界的样子，你总得看看吧。”

我没有回答，只是使劲儿点了点头，挂断了电话。抬头看天，又是一个橙红色的傍晚，却和之前那些孤独泛滥的傍晚不一样了。我一路跑着到车站，先坐车去超级市场买了一直拖着没去买的一干用品，然后回到宿舍把里里外外都打扫了一遍，记下缺少的东西，准备第二天再去采买。全部弄完，累得半死，我洗了澡，吃了顿饱饭，突然起了学车的念头，又去查电话簿，记下机动车注册处和几个驾校的电话，想好了第二天打过去问问。这一天过得前所未有的充实，晚上不到十一点，我就心满意足地睡了。

第二天早晨，我开始了在迪克森大叔摄影棚的工作。

职务是助理的助理。

第一个礼拜的主要任务就是给场内所有人，包括摄影师、灯光师、模特、化妆师、发型师，还有甲方派来的经理、总监，买早餐、咖啡、报纸、午餐，外加点心。除此之外，还随时都有可能被支去某个根本不认识的地方，买说不清楚名字的东西，比如宝利来相纸、2号电池，或是某一本伦敦出版的杂志。有天下午，我被打发去市中心买指定品牌的摩卡色长筒袜，而且还得在一小时内跑个来回，跑得差点就虚脱了，临了却只得了个白眼——谁叫我不会开车呢？

第二个礼拜，迪克森大叔接了个新活儿，拍摄婴儿照片。摄影棚里满是推车和手提篮，笑声、哭声、打嗝的声音不绝于耳。于是，我的工作又变成了逗孩子。一个礼拜下来，我差不多成了半个专家，知道了好些窍门，有的是学来的，有的则是自己悟出来的：对六个月内的小婴儿，用棉纱纸轻轻擦他们的嘴角，就能让他们露出微笑，虽说是无意识的，却甜美得要命。对大一点的孩子，得用玩具猴子吸引他们的注意，必要的时候自己扮成猴子，上蹿下跳嘴里发出吱吱声，逗他们笑，还要引他们向上看，好让灯光在各种颜色的瞳仁上映出光斑，使稚嫩的眼睛显得更加清澈动人。

第三个礼拜，摄影棚又神奇地变成了裸女的天下。拍摄前清场，另一个助理用测光表在模特的腮帮子、脖子和胸部一通猛测，然后把数字报给灯光师和摄影师。相比之下，我的任务更形象、更直截了当，简单地说，就是用一种亚光的透明胶布把模特的胸部固定在一种不受地球引力影响的状态上。不知道内情的人可能不觉得什么，但我后来看到此类照片的时候，总会觉得胸部的位置很诡异，诡异得让人后脖子发凉。

不管是什么，我的确学了些东西，也交了新的朋友：

第一助理，也就是我师傅，二十出头，人很腼腆，却收集了一书架的恐怖电影和小说。他正在一所专业学校学习摄影，女朋友在新泽西乡下一所小学里当老师，每周他都要过去相会一次。而他离开波士顿的那两天就是我最煎熬的时候，如果迪克森大叔要加班开工，场内所有的杂活儿，不管会不会做，都是我的任务。经常是我打电话给他，他一边教，我一边做。有时电话打过去，正赶上人家在亲热，他微喘着，声音挺怪地报给我听一个供应商的名字或者印刷厂的地址什么的。也正是在此等尴尬中，我们成了朋友。

还有一个是个模特，颜色很浅的金色短发，总是玩得很疯，大家都只叫她的姓——梅森，久而久之所有人都不记得她的名字是什么了。她跟我同岁，一个人住在波士顿，签了一个没什么名气的模特经纪公司，收入刚够糊口。她告诉我，自己十六岁就入了这一行，高中的后两年是自学的，现如今也没有在任何大学注册。“不想做任何要动脑筋的工作。”她总是这样说，并且时不时地鼓动我也入这个行当。

也就是那段日子，我学车了。先是去机动车注册处领了学习手册，看了一下午，参加考试，过了，拿到一个实习驾照。紧接着就去驾校报了名，先付了八次课的钱。课上完了，自我感觉不错，就租了驾校的车子参加路考，结果没通过。我打电话告诉林晰，被他骂了一顿“笨蛋”“败家”。骂完之后，他从纽约过来，陪我练了两天。又去考试，警察大妈终于在我的实习执照上写了个“通过”。

拿到正式驾照之后，林晰问我：“想买什么车？”

“没想好，等领了薪水再买。”我回答。

“怎么缺钱啦？”

“我想自己买样东西，不行啊？！”

终于，在暑假结束的时候，我用两个月打工的薪水外加一点结余下来的生活费买下一辆二手的丰田，小型的两厢车，已经跑了六万公里，车况看上去还不错。

林晰看见了，问：“怎么买了辆红车？你不是最讨厌红色吗？”

“脑子抽风了，进去就看中这辆。”我自己也纳闷儿，怎么买了辆红车。

九月份开学后不久，我和梅森去看电影《美国丽人》。

银幕上，十八岁的瑞奇对十七岁的简说：“如果我今天晚上离开这里，你会不会跟我一起走？”

“什么？”她诧异地看着他。

他又问了一遍：“如果我离开这里，去纽约生活，今晚就走，你会不会跟我一起走？”

“当然。”她回答，没有一点犹豫。

这段简单的问答让我突然想起几年之前的那个问题：“如果我去美国，你会跟我去吗？”我想得出了神，一切恍如隔世。

梅森在旁边跟我说话，我一句也没听见，她又说了一遍，后排的人怒了，放映厅里很暗，他大概也没看清是谁在讲话，伸过一只手在我背上狠狠地推了一把。正赶上我心情很坏，也不跟他废话，转身站起来，就把手里的一杯冰可乐对着他从头到脚浇下去，倒完了把杯子朝他身上一扔。梅森反应也很快，拉着我就跑。一直跑到停车场，发觉后面并没有人追，她停下来，弯腰两只手撑着膝盖，上气不接下气地说：“太好玩儿了，什么时候咱们再这么来一次吧！”我一句话也不想说，勉强跟她说了声再见，上车开回宿舍去，剩下她一个人杵在那里，搞不懂我这是中了什么邪。

不知道这算不算是种预兆。

第二天早上，我接到爸爸打来的电话，说跟他那个小女朋友准备十月份结婚，新房装修好了，原来的房子已经挂牌准备卖掉。我说：“好啊，祝贺你们啦。”没有别的话，气氛显得有点尴尬。

于是，爸爸开始扯别的：“你从前那个姓周的同学，你们还有来往吗？”

“不怎么联系了。”我回答。

“前天报纸上登出来，他爸爸贪污受贿正式批捕了，下个月开庭。”

我蒙了。

爸在那里继续扯：“不知道你那个周同学现在怎么样了，他从前还是你们的班长吧，成绩很好的是不是……”

好像过了很久，我才回过神来，说：“行了，就这样吧，再见。”然后就把电话挂了。

我不确定自己当时的想法，或者已经根本没办法思考了，只记得随便拿了几件衣服，还有护照和一点钱，直接去了机场，买了票，搭上最早一班去上海的飞机。六个小时之后，在旧金山等待转机的时候，我恢复了一点理智，给林晰打了个电话，跟他说我要回一趟上海。他觉得挺突然的，问我出什么事了，我说：“我爸结婚，叫我回去吃喜酒。”

“变乖了嘛，知道先跟我说一声了。”他夸我。

我没理会他玩笑的口气，严肃地问他：“要是你找不到我会担心吗？”

“会。”他也严肃地回答。

十三个小时之后，飞机在上海落地。我随身只有一个背包，不到一百美元的现钞，在机场全部换成人民币，然后坐了一小时的车进城。街头华灯初上，我手里抓着一把硬币在路边的公用电话上拨周君彦家的号码。铃声响过三遍，有人接起来："喂？"就是他，声音听起来却有些陌生。

"是我。"我说。

他不出声。

"我回来了，就在你家楼下。"我又道。

他还是沉默，很久才说："上来吧。"

从电梯里出来，楼道里亮着冷冷清清的灯光，他已经开了门在等我了。我不知道跟他说什么好，是说"对不起，我刚知道"呢，还是"浑蛋，怎么不早告诉我"？于是就什么都没说，跟着他进了家门。只有客厅里亮着灯，除了他没有别人。

"你妈妈呢？"我问。

"去外地了，找亲戚借钱，开庭之前能还的尽量还了。"他平静地回答。

他身上穿着白色圆领汗衫和运动裤，看上去好像还是一年多前分别时的那个男孩子，实际上却全变了。我自己不是什么模范小孩，但也从来没有做过很坏的坏事，没有经历过让旁人避之不及的不幸。我不知道该对他说些什么，当一个人从众人的宠儿变成罪犯的儿子，而那个人又是我生平爱上的第一个人，我心疼他，想要安慰他，却又不知道该怎么做。

他反而很坦然，接过我的背包，伸手抓抓我的头发，看着我问："眼睛怎么这么红？"

我揉了揉眼睛回答："飞机上睡不着。"

"你刚下飞机？还没回过家？"他有点意外。

我点点头："我爸不知道我回来，下了飞机就过来了。"

他停住了，看着我，看了好一会儿才转身把包放在客厅里一个单人沙发上。我跟过去，走到他身后，抱住他，脸贴着他的背脊，说："你本来打算什么时候告诉我？"

"我本来以为会没事的。"他自嘲地笑了一下，转过来把我拥进怀里。

"韩晓耕都知道，对吧？"我生硬地问他。

"很多事你都不知道……"他似乎还是不想说。

"那现在说吧，都告诉我。"我抬头看着他，他避开我的眼睛，眼眶却红了。

像是一部编年史，他开始说，去年九月三十号，他爸突然被检察院双规。而与此同时，因为一些他也闹不清的关系，韩晓耕的爸爸也开始担心自己，请了会计师咨询公司的账务问题。就是从那个时候开始，他开始跟韩晓耕走得比较近。今年春节之前，他爸爸被正式逮捕。同一天，韩晓耕的爸爸也进了公安局，拘留了一个月之后，因为证据不足被释放了。我打不通他家电话的那段日子，他和他妈不是在公安局，就是在见律师。

“你知道吗，在拘留所里他们会把你身上所有金属的东西都拿走，连裤子拉链也剪掉……韩晓耕说的，她爸出来的时候就那样提着裤子。”他抱着我断断续续地说，声音发颤，“我有一年没看见我爸了，开庭之前只有律师能见他，两个钟头的代理费就要六千块钱……警察也来问过我，知道你爸爸做的事情吗？我说不知道，我真的一点都不知道……”

“都会过去的，会好的。”我知道自己说得空空洞洞。

他摇头，继续说：“我们现在什么都没了，这个房子也要卖掉了，我考了个从前看也不会看的学校。”

客厅的钟响起音乐盒的声音，敲了十下。

他用手背揉了揉眼睛，对我说：“挺晚了，我送你回去吧。”

“回哪儿？我爸要结婚了，我现在就是一孤儿。”我还是抱着他不松手。

“我倒宁愿自己是孤儿。”他苦笑，沉默了一下又道，“我不知道怎么跟你说，你那个时候说你都知道了，不要再联系了……”

“我那个时候以为你喜欢上其他人了。”我连忙打断他解释，满以为误会就这样解开了，却没想到他转过脸，不说话。

那么说是真的？我突然明白了，心里泛起一阵酸楚。

“他们都不要我了，你千万不要离开我。”我紧抓着他恳求，什么都不顾了。

“我也想事情都是那么简单那么好，但是……”他停了一下，试图解释，“你不知道……我欠韩晓耕一份人情。”

我不听，只是紧紧地抱住他，在他耳边不停地说：“我不管，我就要和你在一起，我就要和你在一起。”反反复复。

“我们会在一起的，有一天……”他回答，说完眼泪就流下来了。他的嘴唇贴上来，深深地吻我，那味道不再是当年夏日里无忧无虑的阳光味儿，而是夹杂着些我尚不能理解的复杂的苦味。

“我不要有一天，我不要等，我就要现在……”刹那间我好像又变成了个五岁的小孩，涕泪滂沱地为了得到那个做梦也想要的玩具耍赖。我把他的白色汗衫往上拉，脱掉，然后又开始脱自己的衣服。

他嗫嚅着问我：“你干什么？”

我不回答，把他的手合在自己的胸口上。

他的手伸进去，捧着我的心跳，然后低下头，吻在我的脖子上。他闻到我身上残留的香水味，用沙哑的声音问我：“这是什么味道？”

“一种香水。”我回答，声音轻得几乎听不到。

那天夜里，我得到了我想要的，或者更准确地说，我也不知道自己究竟想要什么。两个十几岁的少年笨手笨脚，而我也终于明白，为什么人们总是说女人会永远记得第一次的感觉，因为，那种醍醐灌顶式的疼痛，浸透整个身心，足可以在你的记忆里剜出一个洞，再镶进另一个人的一部分。

第二天早上，我们在他房间里的单人床上醒来。九月的上海还是夏天，前一天晚上没拉窗帘，六点钟，明亮的日光就弥漫进来，驱散所有幻想，现实登场了。

周君彦默不作声地把枕在我脖子下的那只胳膊抽出来，背对着我坐起来，说："昨晚那样……不要紧吗？"

"不要紧。"我回答，不知道为什么，突然觉得很委屈，暗地里骂了一句，我怎么知道要不要紧！不过，话说回来，我怎么也不相信我这个任性的、没营养的身体还能怀孕。

我们一起吃了早饭，谁也没说话。七点钟的时候，电话响了。他到另一个房间去接，虚掩上了门。我隐约听见他"唔唔啊啊"敷衍的声音，猜得到电话那头是韩晓耕。他欠她一个人情——我想起他昨晚说的话，那得是多大的人情呢？我默不作声地把自己的东西收进背包，没有告别，浑身颤抖，走出去，转身轻轻地把门合上。

又一个清晨，我回到波士顿，试图把过去三天里发生的事情统统留在身后，却不知道一切还远未结束。

一打开手机就听到梅森的留言，说她人在纽约，形势一片大好，所有会走路且穿得下四号以下衣服的姑娘都能找到工作，叫我快去。在一种奇怪的自毁念头的驱使下，我觉得这个时候跑去跟梅森鬼混，肯定会比回去上课好受得多。我回宿舍洗了澡换了衣服，然后给她打去电话，说我随后就到。她在电话那头疯笑，说昨晚刚好有人崴到脚，我去了一定可以顶那人的缺。于是，我立马开车过去，中午之前到达纽约，当天下午就开始在一个有些名气的设计师那里做试衣模特。这可以说是我第一次，也是最后一次在真正的时尚圈子里混。用梅森的话来说就是：“咱俩头一遭在时尚圈里闯荡，结果成了一场彻头彻尾的灾难。”然后就吼吼吼地一通狂笑。

所谓的“灾难”发生在我到纽约的第三天。那个服装系列的工作基本完成，公司负责人让我们留下联系方式，说会考虑留用几个人。梅森很兴奋，我却打退堂鼓了，说：“我就算了，明天还是回去上课吧，缺勤太多了会不及格。”

梅森做依依不舍状，见劝不住我就说：“那今晚带你去玩吧，我给你搞张‘请柬’。”

她说的是当天晚上的一个派对，很多时尚圈里的人和社交名流都会参加，也就是说那样的场面，像她这样的末流模特是不会被邀请的。那么所谓“请柬”又从何而来呢？后来，我才知道，她不过就是勾搭了一个保安大哥。

我说：“我除了T恤和牛仔裤什么都没带。”

她眨眨眼睛，回答：“这里这么多衣服，挑两件借一个晚上，又没人会管。”

于是，傍晚我们离开那里的时候，趁人不注意，在工场间旁边的小房间里一人拿了一套小礼服。我后来才意识到，自己生平第一次做了回小偷。

晚上九点多，梅森勾搭上的保安大哥把我们两个从酒店后面的小门放进去。就像是一次探险，从黑乎乎潮嗒嗒的小巷开始，经过简陋的员工通道、休息室、洗衣房，最后，他推开一扇两面开的沉重的胡桃木大门，对我们说："就是这儿了。"梅森咯咯笑着给他一个吻，拉着我的手走进去。

里面是另一番天地了，灯光微暗，空气里飘散着香水和酒精的味道，有爵士乐队在现场演奏，到处都能听到低音吉他性感的节奏声。

我们走过一面镶满落地镜的走廊，我偷偷瞄了一眼镜子里自己的侧影。梅森穿了件黑色裙子，V领一直开到腰际，毫不羞愧地露出美丽的胸部。我穿的是件长到膝盖上的酒红色裹胸式礼服，同色的鞋，鞋跟足有三寸。脸上化了妆，看起来那样陌生。

梅森很快勾搭上一个穿着体面的男人，做出一脸崇拜的样子听他吹牛：去哪里哪里看了多大的房子，认识个朋友去年赚了多少多少钱，好多的数字，好多"百万""千万"。我靠在吧台边上，连续喝下三四杯叫不上名字的酒之后，注意到角落里的一个栗色头发的男人，正慢慢地饮着浅浅一杯疑似威士忌的棕黄色液体。我对自己说：就是他了。随即选定，说不上有什么特别的。一个侍者托着酒水盘子从旁边经过，我连盘子一起拿过来，托在手上走过去。梅森看见我行动了，对我做口型："哪一个？"我朝那边甩甩头，她看了一眼，撇下那个"千万先生"，颠儿颠儿地跑过来说："丫头，你看男人眼光还真好，他是这里最好的了。"

被她这么一说，我心里倒没底了，不过那个时候的我还真有点不怕死的劲头。我径直走过去，那人也注意到我，转过头看着我，脸上却没什么特别的表情。我走近他，看着他的眼睛，发现他虹膜的颜色是一种非常深的蓝色。我有点喜欢那颜色，心里说就是他了，于是就学着电影里的样子，报出所知不多的几种鸡尾酒："曼哈顿、玛格里特，还是我？"

这玩笑兴许很冷，但他还是笑了一下，贴近我耳边问我："你叫什么名字？"

"叫什么名字有关系吗？"我反问。

"你从哪儿来的？"他又问。

"从一个我正想忘掉的地方。"我回答，把托盘放在旁边桌子上，伸出手抚过他的脸颊，和他下巴上一个可爱的凹陷处。微醉状态下，觉得自己像一个真正的情场老手。

不到十五分钟的调情，一杯马天尼之后，按照"情场"上心照不宣的套路，男人提议："让我带你去看曼哈顿的夜景，我的房间在三十五楼。"

我猜得到接下来会发生什么，还是朝他笑了一下，点了点头。他带我穿过人群，在一个僻静的小厅里等电梯。清脆的叮的一声，门开了，他牵着我的手走进去，在电梯门合上之前就开始吻我。我就任由他去吻。

两秒钟过去，门却没有关起来，有人伸手挡住了，我回头，那个人竟然是林晰。

他没看我，对那个男人说："对不起，她还未成年。"伸手抓住我的胳膊，把我拉出电梯。

男人愣了一下，然后满不在乎地笑笑，对我说了声："不要玩你还不懂的东西。"说完就走了。

"你干什么？"我一下甩掉林晰的手，挑衅地看着他问。他很难得地穿了件看上去价格不菲的铁灰色衬衫，应该也是来参加派对的。不同的是，他是受邀的，我是混进来的。

他不跟我废话，又来拉我的手。我没想到他这么秀气一个人，个子并不比我高多少，力气却很大。我挣不脱他的手，就放开喉咙大喊大叫，很多人过来看，他只好放开我。我气呼呼地走回宴会厅，头也不回，心里却很清楚他就跟在我身后。他看着我一杯接一杯地喝酒，把所有接近我的男人赶走，直到我脚下打晃，一看就知道无力反抗的时候，才把我架出去，扔上车。

我趴在汽车后排座椅上，头昏脑涨，睁不开眼睛，隐约觉得手摸到的是细腻的皮套，不是记忆当中那辆旧雪佛兰上的绒布套，突然害怕起来，勉强撑起身子，大叫："你在哪儿啊？别丢下我不管啊！”恍惚间，有人从前排驾驶座上探过身子来抱住我，用熟悉温和的声音说：“我没走，我就在这里。”我又平静下来，躺在位子上迷迷糊糊地睡着了。

车子似乎开了很久才又停下来，我稍微清醒了一点，觉得胃里难过得要命，也不是胀也不是痛，说不清是什么感觉，就是很想吐。林晰打开车门，刚准备抱我出去，就被我吐了一身。他拍着我的后背，让我吐，等吐完了，把我从车里抱出来，一直抱到房间里，放在床上。我拉住他，一下把他带倒在床上，看着他的眼睛问：“你喜欢我吗？”

“不喜欢。”他冷冷地回答。

“我就知道！”我恨恨地说，眼泪流下来。

我松开他，转过头把脸埋在枕头里，安安静静地哭。一直哭到他把一只手放在我头上，轻轻地抚弄我的头发，叹了口气说：“我喜欢你，你一直都知道的。”

听到这话，我又有了精神，翻身坐起来，却在他眼睛里看到伤感的神情。我讨厌这样的表情，借着未退的酒劲儿说：“我不知道，你证明给我看。”说完就把嘴贴在他的嘴上，又笨又粗鲁地吻他，手也不老实，解开他衬衣的扣子，在他胸前摩挲。我做得很差，却能感觉到他身体的反应，变得既紧张又敏感。

但他还是推我，低声说：“你放开我。”动作和声音都很坚决。

“我不放，今天就是不行。”我好像也很坚决。

“放开我。”他又说，“我去买避孕套，我这儿没有。”

我终于放开他了，仰面倒在床上，看着他走出去，居然觉得有点得意。先是看着天花板等他，头晕得要命，太阳穴一跳一跳地痛，很快就撑不住闭上了眼睛，眼前晃过纷乱的场景，分不清谁是谁，也不知道是怎么回事。不出五分钟，我睡着了。

第二天早上醒来的时候，我仍旧头痛欲裂，勉强睁开眼睛，发现自己躺在林晰的床上，一个人，身上只套了件半旧的男式白汗衫。回想昨晚发生的事情，只能想起个大概。

林晰走进来，嘴里嚼着吃了一半的早饭，见我看着他，说：“看什么看，我什么也没干。”

“我还以为你喜欢我呢。”我说。

“我也一直以为你多少有点喜欢我。”他突然变得有点严肃。

几个月之后我才知道，那天晚上他没去买什么避孕套，只是在门口站了半小时，之后又花了高得多的价钱买下我和梅森偷走的那两件礼服，才摆平了那场风波。

当天下午，我就被赶回了波士顿。走之前发现林晰换了辆新车，也就是前一天晚上载我回来，又被我吐得一塌糊涂的那部车子。那是辆本田，中规中矩的黑色四门轿车，米色皮座椅，一派中产阶级风光，再一次出乎我的想象。不过，我仍旧坚信，他骨子里还是那种开跑车，且习惯性超速的妖冶角色。

回到学校之后一算，我已经旷了整整一个礼拜的课了。就像小孩子闯祸，被抓了现行之后，看看大人的脸色，总是会收敛一阵子，摔破了的膝盖也似乎忘了疼，接下去的几个礼拜，我都规规矩矩的，在上课、做功课和打工当中度过。

开学之后，迪克森那里的工作换成一周去两到三天，但晚上常常要留到很晚。当时，虽然数码摄影已经悄悄兴起，但还远没有现在这样风行。那个时候的商业摄影用得最多的还是三十五毫米的胶卷，或者是用在机背取景照相机上的散页胶片，那种至少四乘五英寸的大家伙。那段时间，我最爱做的事情就是看人家洗照片，喜欢看着一个个浅淡的影子在显影液中隐约浮现，渐渐变浓，然后立体起来，似乎呼之欲出。相比之下，学校里教的“现金流偿债能力比率=经营性净现金流/（债务分期偿还的数额+利息）”之类显得如此苍白和空洞。

几个礼拜过去，林晰对我的态度不好也不坏，每次都是我打电话给他，他始终没有主动联系过我。十月份的第一个周末，我犯贱跑去纽约看他，去之前也没跟他打招呼，到了他家门口才打电话给他。

“查房了查房了。”我一边拍门一边对着电话喊。

他没说话就挂了，径直来开了门。我走进去，却发现房间里不是原来的样子了，空落落的，又有些零乱，大多数东西都装了箱。

“你在搬家？”我问。

他点点头，没说话，转身又去装东西。我伸手拉住他的衣服角，问：“是不是我今天不来，你就不在这里了？”

他转过来认真地看着我，似乎过了很久，才露出笑容。“怎么会？”他说着抓乱我的头发，“去照照镜子，你看起来好像走散了的小孩。”

为什么没跟我说你要搬家？话就在嘴边上，我没说出口，真的跑到浴室里去照镜子，从洗手台上抽了张面纸，把刚才拼命忍住没掉下来的眼泪按掉。擦掉眼泪，又是一副满不在乎的样子，晃着胳膊走出来跟他捣乱，把打包好的箱子一个一个打开来看。算起来他到美国也不过一年半，东西不是很多，就是衣服、书、唱片和摄影器材，还有一些画画的工具。

我随手拿起一把油画笔，在手里晃晃，问他：“你现在还画画吗？”

“不太画了。”他回答。

“我还没看过你画的东西呢。”我说，“这里有吗？让我看看。”

“没有，别捣乱。”他作势往外轰我。

我不相信，站在房间中央四下看了一圈，果然看到墙边靠着一块牛皮纸包好的长方形物体，疑似画板之类的东西。我跑过去就要撕开来看，他跟过来抓住我的手，不让我撕，说："都包好了，你捣什么乱！"

"让我看看嘛，就一眼，一会儿我再帮你包起来好了。"

"不行，松手。"

"肯定是裸女。"我笑起来，干脆利落地一下把牛皮纸撕开了。蓝色的背景露出来，是斑驳的蓝白相间的马赛克，画面上是一个穿比基尼的瘦姑娘，双手背在身后，一只脚尖伸进游泳池的池水里面。画得挺抽象的，有点像高中美术课本里看到的夏加尔的风格，而且那个瘦子微微低着头，几乎看不清五官和表情。但是，那个情景，我还清楚地记得——我在泳池里游泳，他在上一层的落地玻璃后面看着我。我不知道究竟是什么吸引了他，促使他把那个场景画下来，也许从他的角度看出去，那个普普通通的下午自有一些奇异的、稚嫩的、动人的地方。

我呆呆地看了一会儿，干笑了几声，说："怎么把我画得这么难看？哈哈哈。"笑得实在是僵。

他也敷衍着笑了笑，低着头，看也不看我一眼，动手把画重新包起来。我在旁边装作帮忙的样子，递给他剪刀和绳子，看着他的手映着些淡淡的阳光，在一堆牛皮纸上移动着。我伸出一只手合在他的手背上，手指插进他的手指中间。他停下来，转过头。我们离得那么近，他的嘴唇几乎可以碰到我的脸，却仍旧垂下眼睛不看我。

“我们要是早一点遇到就好了。”他轻声说。

我不懂他的意思，只是莫名其妙地害怕起来。

“你已经爱其他人了，我看得出来。”他继续说，“我不想做备胎。”

我愣了很久，才又开口问他：“你原本是打算以后都让我找不到你的，对吗？”

他点头。

“我原来还以为你跟其他人不一样。”我说，感觉到眼泪在脸颊上滑下来。

他伸手帮我擦掉，叹了口气，然后轻轻地抱住我，说：“是不一样。我做不到就这么走掉。”

我又放心了，靠在他的肩膀上抽抽搭搭。在过去的一年时间里，我在他这里任性撒泼予取予求，而且我知道以后还可以这样心安理得地过下去。

流过眼泪，他继续打包装东西，我继续装模作样地在旁边帮倒忙。他断断续续地告诉我，这段时间收入不错，所以才买了新车，并且在曼哈顿一个治安和卖相都很过得去的街区租了房子，今天就是要搬到那里去。

我心里清楚，他是当真的，要是我今天不来，很可能就看不到他了。这一点，我们两个人都知道，只是不说穿罢了。他不过就是受我妈的托付来接一下我，除此之外没有任何责任。我甩掉这个念头，反正他又在我身边了，永远都在，没有尽头。

到了中午，东西都装好了，他把箱子搬上车，放不下的就装在我车上。全都弄完之后，他带我去附近一家快餐店吃午饭。我只帮着搬了几样小东西，不知怎么也出了一身汗，觉得很累，还渴得要命，空着肚子先灌了一杯加冰的汽水下去。

他看到了，就说："这样胃要坏掉的。"

"反正已经坏掉了。"我回答。

大概是现世报，没有五秒钟，我真的肚子疼了，去厕所却发现是大姨妈来了，还好早有准备。从厕所出来，我回到座位上，勉强吃完东西，还是觉得肚子很痛。林晰问我怎么了，脸怎么这么白。我没好意思解释，只是满不在乎地说没事没事。于是，我们一前一后地开车去他的新公寓。开了一段路之后，我渐渐觉得不那么痛了，但整个人却开始发冷，嘴巴里味道怪怪的，又干又黏，眼前一点一点地发黑。在几乎只看得到一片忽忽悠悠的星星之前，我赶紧把车靠边停下，已经没力气开车门了，只好趴在方向盘上狂按喇叭。按了几下，手软了，连这点力气也没了。整个人好像浸在水里，周围的声音全都像隔着一片汩汩的水流声，听不真切。在两眼一黑，失去最后的意识之前，我隐约感到林晰打开车门，扶着我的肩膀，张着嘴喊着什么，说的是什么，一句也听不到。

等到重新恢复一点知觉的时候，我浑身软得像一摊烂泥，只觉得林晰的手托着我的身体，抱我下车，跑进一个有很多人的房间，听到他带着喘息的颤抖的声音：“……有人能帮我吗？她在流血……”几个穿蓝衣的人冲过来，我被放到一张推床上，许多只手上来给我插这个绑那个，有人在说着一堆听不太懂的话，只捉得住只言片语——“大出血”“自主反应”“昏迷”。我被推进又一个小房间，林晰被挡在外面。他松开我的手的时候，我侧过头，看到他模模糊糊的影子，垂着手站在那里，身上一大摊血从肚子一直浸透到大腿。

四

／

贪恋的情人

／

我第一次撇开依赖，带着一点欲望，思念他。

再醒过来的时候，我似乎死过一次了，从一个冰冷的地方回来，浑身打战，胸部以下只有一点点麻木的知觉。我睁开眼睛，发觉自己躺在病房里，身上只套着件反穿的蓝布褂子，旁边一堆仪器发出嘟嘟嘟嗡嗡嗡的声音，唯一看得懂的是一部电子血压计，灰绿色的屏幕上显示低压五十。

“她醒了。”一个黑胖护士在门口用闷闷的声音说。我勉强转过头，看见林晰从门外走进来，脸色苍白，眼睛红红的，身上还穿着血衣。

“你杀人啦？”我还是没正经，一笑就觉得肚子上有点疼。

他没理会我的玩笑，走过来，脸上表情很严肃。“宫外孕，估计有五个半礼拜，左边输卵管破裂引起大出血，没办法保留，切除了。”他简单地交代，“我叫了洛拉过来，等她到了，我回去换衣服。”

不知道是不是麻醉的效力还没过去，脑子里木木的，他的话我听见了，也全都明白，但就是没有反应，过了好一会儿才又开口问他：“几点了？现在。”

“六点半。”他回答，然后就没有再跟我讲话，两只手捧着个头坐在我床边的沙发上。我觉得又累又迷茫，也闭着眼睛不说话。

大约半小时之后，洛拉到了。她走近了看看我，然后又跟林晰亲亲抱抱地告别，低声说了几句话，临了还摸摸他的头发和脖子。我知道他们一向那样，但是在那个时刻，却觉得有些刺眼。

林晰回头看了我一眼，什么都没说就走了。他离开之后，洛拉坐在病床边看杂志，看了一会儿发觉我睁着眼睛，就很高兴地翻开一页拿给我看。她第一次有一张大幅照片登在这本一线时尚杂志上，买了好几本送人。不知道为什么我突然有种云泥之感，林晰喜欢的应该就是这样的姑娘吧，年轻，乐观，独立，有上进心。而我，我不知道我现在算是什么，毕竟不是所有东西都能像小时候掉了乳牙一样长回来。他关照我够久了，现在他失望了。

我呆呆地盯着那张跨页的大照片看了好一会儿，洛拉突然说：“他伤心极了，你知道吗？给我打电话的时候，他哭得连话都说不出来了。”

我看看她，她似乎也有点生我的气。我觉得这种逻辑很怪，我是那个险些死了，又切掉一边输卵管的人，难道要我来说对不起。

我没理她，闭上眼睛假装睡觉。麻醉药的效力渐渐退去，刚开始小肚子那里的刀口还是隐隐约约钝感的痛，慢慢地变成很痛很痛，我一声不吭，咬牙忍过去了。好像过了很久，一个护士进来给我量体温，看了看血压。林晰也回来了，换了衣服裤子，买了一些吃的用的东西。我睁开眼睛看看他，又闭上了，一直等到洛拉走掉，才开口说话。我莫名其妙地有点生她的气，觉得她先前的话有些居高临下的说教的味道。

“我想吃东西，我胃痛。”我对林晰说。

“医生说还不能吃。”他回答，“要到明天才可以，还有，不要多说话。”他背对着我，隔着病房的玻璃窗看着外面。

“你生气了？”我问他。

“我为什么要生气？”他冷冷地反问。

“我怎么知道你为什么，你反正是生气了。”我觉得很委屈。

他没说话，过了一会儿才转过身来问我：“你是笨蛋吗？”

“你说呢？！”我也生气了。

“你真的要这样过日子，至少也应该知道怎么保护好自己吧！”

我知道他怎么看我的了。我气急了，抓起洛拉留在床边的杂志朝他扔过去。手背上输液的针一下拔了出来，本来就很疼的手术伤口愈加疼得难以忍受。我忍不住叫了一声，痛得蜷起身子，眼泪也涌出来了。林晰赶紧冲到床头按了铃，护士进来给我检查了伤口，重新扎了针，又嘱咐了一遍才走。

病房里又只剩下我们两个。

他走过来问我：“很疼吗？”

“废话。”我转过头去，背对着他回答。

他在床沿上坐下，然后躺下来，从后面抱住我。这个温柔的动作让我的眼泪决了堤一样涌出来。我转过身，钻进他的怀抱里，深深的，黑暗的，似乎才感到一点安全。

“不是像你想的那样的。”我哭着反反复复地说。他没说话，只是把我抱得紧紧的，轻轻地抚着我的后背。

五天之后，我出院了。在这五天里面，我最深的体会竟然是关于健康的。从那时开始，我住医院算是住怕了。只要是躺在病床上，无论你曾经是如何如何强壮倔强的人，随时都会有医生护士走进来叫你脱掉衣服，捏捏伤口，再给你扎上一针。盐水挂完了一瓶又一瓶，两只手背全都肿了。于是，我暗自决定以后与医院再无任何瓜葛，但方法恐怕不是保重身体，而是讳疾忌医。不过，不管怎么说，在眼泪汪汪地对林晰说了几百遍“好疼啊”“疼死了”，赚了满满的感同身受的关爱之后，从医学角度上说，我康复了。

办完出院手续，林晰要我把开刀的事情告诉我妈，我一口回绝。

“她不会跑来骂人的。”他说。

“我就是怕她知道了也不会来。”我又使出我的撒手锏——装作可怜的小孤儿。

他并不买账，看看我说：“你已经是大人了，你过你自己的生活，做自己的决定，即使没人对你好，你也要对自己好。”

大道理谁不会讲？我在心里说。不过，经过了这么多事情，我想我最好还是乖一点，于是就很听话地点了点头。他弯下腰，把我从轮椅上抱上车，带我回家。

林晰新租的公寓在一栋战前建造的旧房子里，但大堂、电梯和走廊却都装潢一新，看起来既简洁又现代。他租的房子在五楼，是一个两间卧室的套间，一间睡觉，另一间放他那些拍照片用的零碎儿，布置得干净利落。我在那里总共住了两周时间，还是照老规矩，我睡床，他睡客厅的沙发。他告诉我，原来打算买那种可以打开来变成床的折叠沙发，后来想想总不会又这么倒霉吧，用到的机会不会很多。却没料到一念成谶，他又过上了睡沙发，洗冷水澡，外加给我洗衣服做饭的日子。

我贪恋着他的照顾，毫无愧疚，也几乎立刻爱上了他的卧室。像任何一个自恋的男人那样，他把房间漆得通体雪白，衣橱也是一溜白色的百叶门。床靠着一扇落地窗摆放，窗边挂着米色亚麻质地的长窗帘。天气晴朗的时候，不管是阳光还是月光都能大大方方地照进来，轻柔地洒在床上。我总是不舍得拉上那道窗帘，喜欢躺在那样温柔的光线里。每当那样的时刻，我仿佛又回到小时候，起了荒唐幼稚的念头，以为那些来自太空中其他星球的光线可以神奇地改变所有不幸的事情。

但是，只要是房间里开了灯，而我又穿着吊带睡裙走来走去，林晰看见了，就会马上拉上窗帘，还要叮嘱我说："下次记得拉窗帘。"

"你真老套，一点也不像个搞艺术的。"我鄙视地撇撇嘴评价。

他满不在乎，耸耸肩重复："记得拉窗帘。"

两个星期之后，我去医院复查，一切正常。给我看病的妇科医生最后嘱咐：以后要小心避孕，定期做检查。开了些药，又给了我一个试用装"杜蕾丝"。我一并扔在汽车抽屉里，觉得自己又一次被看成了滥交的蠢姑娘。那些药片后来被证明根本不适合我，一吃周期就乱得一塌糊涂，不过那个避孕套倒是派上了用场的。

我又要回波士顿上学了。临走的时候，林晰满可以深情款款地对我说"照顾好自己"，或者"自己保重"之类的，但他却又拿出家长的派头来，叫我"脑子清醒点，好自为之"。

因为翘课、请病假，那个学期我有两门课必定要重修了，其他的课也要加紧补上。书几乎还是全新的，讲义和补充阅读资料堆积如山。一连几个礼拜，我每天念书念到深夜，才渐渐赶上进度。终于有一天，我上完课，发现只用做当天的作业，日历已经翻到十二月了。

又过了几天，我吃过午饭，正在图书馆看书，林晰打电话来说，他现在人在波士顿，叫我出去碰个头。到那时为止，我已经做了足足两个月的乖小孩，好好学习天天向上，每顿饭都吃，人胖了五磅，两颊有了些红晕，却也有足足两个月没有逛街买新衣新鞋了。我看看身上的运动衫和牛仔裤，差一点儿就不想见他了。直到半个钟头之后，我叽叽歪歪地出现在他面前，才发现自已根本没必要打扮，而他也不用刻意做什么，就能让我觉得安心而温暖了。

出乎我意料的是，他说马上要去日本出差，时间还挺长的，回来的时候可能已经是新年了。听到这个消息，我突然觉得有点失落，虽然从来没有明讲，但暗地里我早已经认定那个特别的日子会和他一起度过。

不过，我到底还是什么都没说，只是点了点头，说了声：“噢，知道了。”

他也是一副无所谓的样子，问了问功课怎么样，什么时候考试，然后伸手捏捏我的脸蛋儿，说：“养得不错，养得不错，哈哈哈。”

那天下午，我还有一堂三点钟的课要上，而他的航班晚上八点在肯尼迪机场起飞，还要赶回纽约去，我们来不及一起吃晚饭，也没时间再多说什么。临分手之前，他把公寓的钥匙留给我，对我说：“如果有什么事，你帮我去看一下，你要是假期去纽约玩也可以住在那里。”

接过钥匙，我又开心起来，因为他终于也有事情托付给我了，而且还是开了四小时的车，大老远地跑来把钥匙交到我手上，不是省心省力地随手丢给洛拉，或是其他住在纽约的模特姑娘。等他走了，我把他那把钥匙和我的车钥匙、宿舍钥匙串在一起。那个钥匙扣特别紧，好不容易打开了，串进去，再合上，叮叮叮摇一摇，放进包里。不还了不还了，我在心里说，我就是不打算还了，你又能拿我怎么样？这才发觉自己有这种可怜巴巴的情结，似乎很久很久了。我一个人在波士顿上学，住两人一间的宿舍，没有家，也没有家人。而如今，我终于可以假装在纽约有一个家，和一个关心自己的人住在一起了。

这种得意扬扬的情绪一直保持到下午放学，我到迪克森那里去上班。大叔操着万年不变的台湾腔国语说道："林晰下午来过了，叫我看着你，他自己倒好，去日本风流去了，怎么刚好朱子悦也在那里，我就不相信有那么巧。"

我又被涮了一把？好像也谈不上。就像他从前说过的，只是照应一下朋友的女儿，他早已经做到了他所承诺的。但是，接下来两个钟头里面，我时不时地想起朱子悦那闪着温柔的棕色光泽的长发，忍不住想到林晰的手抚过那些柔软绵长的发丝，那长发犹如轻纱薄雾一般盖在他的脸上，逐渐看不到他的五官，让他眼神迷乱。这些念头反复出现，以至于我洒了整杯的咖啡，又把张三的胶卷放进了李四的信封里面。

不过，不管心里有多放不下，我归根结底还是个又傻又倔、死都不肯低头的丫头，抱定了一个信念——既然他不在乎我，我也决不拿他当回事！那个月的月底，恰好有一门课就要考试，我决定一心扑在复习上，转移自己的注意力。回到宿舍，我就开始整理复习提纲，花了一个礼拜把该背的都背熟了，把所有找得到的考题都做了一遍。然后，又花了一个礼拜，把背熟的再背一遍。就这样我成功忍了两个多礼拜没给林晰打电话，到了考试那天，我终于理解好学生为什么都那么喜欢考试了——当所有题目跟你都很熟的时候，考试跟派对差得也不远了。

考试结束，圣诞节就来了。每年那个时候，美国东北部的城市都是差不多的样子，天气寒冷阴沉，但四处张灯结彩，播放欢快的音乐，到处都争先恐后地摆出举世无双的圣诞树，就连一贯演唱悲伤摇滚的歌手也开始大卖圣诞专辑，唱起了温馨的圣歌来了。学校也放假了，宿舍里面呼朋唤友一片狼藉，所有人都忙着收拾东西，准备回家过年去。我不愿意一个人留在这里，也装作归心似箭的样子，收拾起行李到纽约去了。

到达纽约的那个下午，天上飘着点小雨，林晰的房子还是像几个月之前一样整洁，客厅里的窗帘没有拉，灰暗的日光照进来，窗玻璃上满是雨滴，外面是湿漉漉的街景，一副忧愁冰冷的样子。我走进去，打开暖气，把衣服从行李袋里拿出来扔在沙发上，鞋子放在门口，毛巾牙刷在浴室里就位，觉得自己就像是一阵捣乱的旋风，把房间弄得乱糟糟的，才有一点温暖的意味。

在屋里转了一圈，我的偷窥癖又犯了，开始检视他的衣橱。事实证明，我对他的想象至少还有一部分是对的，他终究还是个爱漂亮的人，而且他的衣橱里果然是普拉达居多。喜欢意大利牌子的人和喜欢法国牌子的人总是截然不同，说不清是哪里不一样，不过如果你身边恰好两种人都有，你一定会有体会，他们就像爱唱歌的和爱跳舞的人一样不同。

衣橱的下层都是鞋盒，此人鞋真多。每一双都刷得很干净，收在无纺布袋子里，装进黑色、白色，或者古铜色的鞋盒，码放得整整齐齐。最里面的角落里单独摆着一个亚银色马口铁的方盒子，也有装鞋的盒子那么大，不知道装的是什么，散发着一股秘密的味道。我二话不说就拿出来，坐在地上，打开来看。里面全是照片，五寸到十寸的都有，还有一长条两寸的小照片。粗粗看了一遍，上面的人竟然全都是林晰自己。我吐吐舌头想，这家伙还真是自恋到家了。再仔细看看却又不像是自拍的，几乎都不是故意摆好姿势照的，有他睡着的样子，有读书的，有拿着照相机的，有的甚至就是远远一个侧面。其中有一张七寸照片，画面上是他两手插在裤子口袋里从一面茶色镜子前走过，镜子里映出一个女人的影子，一部黑色照相机挡住面孔，我认识那头发和打扮，是朱子悦。

她那时一定非常喜欢他，我在心里说。不管出于什么样的原因，她喜欢他到沉迷的地步。而他也在分手之后保留了这些照片，放在衣橱的角落里，是不是同时也在心中某个角落藏了些什么东西？我想得出了神，却没有一丝一毫的嫉妒，反而被他们过往的爱情感染。或许就是从那个时刻开始，我尝试从一种不同的角度来看待林晰，朱子悦展现给我看的角度。我第一次撇开依赖，带着一点欲望，思念他。

那天晚上，夜逐渐深沉，我关上灯，拉开窗帘。外面雨早已经停了，但仍旧是个阴天，没有月光，只有一点惨淡的路灯的光线透进来。我躺在床上，怀抱着一件他的毛衣，寻找着依稀熟悉的味道，慢慢睡去。

接下去的几天都是在逛街血拼中度过的。洛拉和其他几个相熟的姑娘正忙着争取在时装周上露个小脸儿。我很少约得到人一起吃饭，约不到就一个人吃，然后独自在街上闲逛，给自己买衣服鞋子，为每个认识的人买新年礼物。给林晰买的是一瓶男用的“雅弦”香水，用深紫色的纸包起来，绑上白色缎带，看起来非常美。不过，说实话，那味道闻起来一点儿也不像他，更像是一部分的我，再加上一部分朦胧的回忆。

每天夜里，我都抱着他的衣服睡觉，起来之后就套在睡裙外面，穿着它吃早饭，看电视，在屋子里走来走去。就这样一直到十二月三十号的早晨，天还没亮，床头的电话响了，我迷迷糊糊地接起来说了声哈罗。

“你真的在啊。”林晰在电话那头说，“我就是打打看。”

我觉得他这话说得傻傻的，却很讨喜，嘴上还是没好气地问他：“知道现在几点吗？”

“七点多了吧。”他回答。

“六点，笨蛋。”我骂。

“那我挂了，你再睡会儿。”他道别。

“不要不要，都已经醒了。”我赶紧坐起来，靠在枕头上，“日本女人怎么样啊？迪克森大叔很羡慕啊，说你肯定天天在那里风流。”

“你去跟他说。”他大笑，“东方文华酒店三零一六房间彻夜回响‘雅蠛蝶雅蠛蝶’。”

我不说话，觉得一点也不好笑。他也不笑了，问我：“笨蛋，你在干吗？”

“笨蛋抱着你那件老鼠灰的毛衣刚刚睡醒。”我赌气回答。

“为什么抱那个，要不要给你买个娃娃回来？”他的声音和缓下来。

“因为想你了，笨蛋。”我实话实说。

轮到他不说话了。

“你见到朱子悦了？”我又问他。

“见了。”

“她怎么样？还是‘ugly-beautiful’？”

“对，还是‘ugly-beautiful’。”

“还是‘ageless’？”

“嗯，‘ageless’。”

“还是‘irresistable’？”

“不那么‘irresistable’了。”

“为什么？”

“因为我爱上一个人。”他慢慢地回答，“而且她今天说她想我了，我特别高兴。”

那句话之后，两个人都沉默，只听得到微弱的电流声和呼吸的声音。

最后，我还是先开口说：“笨蛋，你快点回来吧。”

他说：“好，马上回来。”然后就挂断了电话。

后来，我才知道，他说的“马上”，真的是“马上”。他在当地时间晚上九点钟到达机场，然后一整夜等待机票改签。

不过，在他飞过一万四千公里回到我身边的时候，我还什么都不知道。

十二月三十一日的上午，我照旧懒洋洋地在床上度过。吃过午饭，我接到一个朋友的电话，也是在迪克森的摄影工作室里认识的，纽约一家时尚杂志社的实习生。他问我晚上有什么节目吗？我说就打算租个碟看电影然后睡觉。嘲笑了我一通之后，他告诉我，晚上在长岛一栋大房子里有个派对，如果我想去他可以带我进去，还夸张地补充：“所有人都会在那里，但是没人知道派对的主人是谁。”

我笑着问他："是不是盖茨比？"

"盖茨比？谁？"很明显，他没听懂我的笑话，反过来又问我，"你到底去不去啊？"

我想起前一天刚刚买下的一件宝蓝色小礼服，抹胸，细腰，下面是及膝的蓬松裙摆，非常好看，不穿一下实在可惜，于是就说："好啊，我去。"

下午又出去买了一双相配的鞋子。到了晚上快出发的时候，我穿上裙子，却发觉怎么也绑不好后腰的蝴蝶结，只好照着镜子反手绑了一个歪歪的，外面罩了个斗篷式的黑色羊毛外套，然后开了差不多两小时的车去那所传说中的长岛海边大宅。到了地方发觉排场果然很大，虽然时间尚早，场面未暖，但是客厅、室内游泳池、温室里的人都已经不算少了。门廊和露台上也有暖气，有酒吧有乐队有舞池，据说午夜的时候还要放焰火。勾搭我来的那个人带我进了门就不见了踪影。我谁也不认识，于是就怀着单纯的混一顿吃喝的心态，检视了一下餐台。正要开吃，却发觉有人在拉我的裙子。

回头一看是一个不认识的男人，三十五到四十岁的样子，个子很高，穿着无尾礼服却敞着衬衣领口没有打领结。

他看看我，深蓝色的眼睛似曾相识，说："无论如何，我都不相信你真的未成年。"

我想起来他是谁了。

“我认识你吗？”我装蒜。时过境迁，我再也不想跟其他人有什么瓜葛了。

“不，你不认识我。”他回答得倒很干脆，“我可以肯定你根本不知道我是谁。”一边说一边解开我背后的歪结，在我提出抗议之前又帮我打好了一个很正的蝴蝶结。

“打得真好。”我回头看一眼落地窗玻璃上自己的影子，又问他，“你怎么不给自己系个领结？”

他微微笑了笑回答：“打结这种事情，男人女人互相做才有趣。”

我正想着要怎么回答这句带着点调情意味的话，手机响了。接起来，是林晰的声音：“我到机场了，还要拿行李，大概还要一个多钟头到家。你在哪里？”

我惊喜得几乎跳起来：“我在外面，我马上回家。”挂掉电话，就往外跑。

那个男人伸手拉住我的手腕问我：“那个罗宾汉？”

“我的情人。”我纠正他，朝他眨了下眼睛，甩开他的手满心欢喜地跑出去。

因为心急，一路上我车开得很快。到了半路，因为超速被警察叔叔拦下来。我装可怜，深情地说：“我赶着回去在新年钟声敲响的时候吻我的男朋友，求求你饶了我吧。”结果警察还真的开恩把我给放了。到了公寓楼下，抬头看到五楼那个房间的灯已经开了，那浅黄色的温暖的灯光，差一点让我落泪。我一路跑进去，电梯在六楼停了很久不下来，我等不及就爬楼梯了，气喘吁吁地到了门口，又有点怕怕的，不敢敲门。拿钥匙的时候，发出轻轻的金属碰撞的声音，他一定听到了。门开了，他一下把我拉进去，关上门，在我开口说话之前就深深地吻我。

我感到他的嘴唇和手在微微颤抖，小声问他："你怎么了？"

"我紧张。"他回答。

"怎么会？"我不相信。

"我也不知道。"他嗫嚅着说，"可能是因为认识太久了。"

那天晚上，新年钟声敲响的时候，我们在他的床上做爱。第一次他任由窗帘大开着，月光烂漫地照进来。事实证明，我的感觉没错，他确实是个过来人，一个特别的情人。他的手和嘴唇温柔但坚定，月光一样轻抚过我身上每一寸皮肤，同时也像月光笼罩着整个房间一样慑住了我。他诱惑我，引导我，深情里带着点冶艳，在我颤抖退缩避让的时候，又让我无处可逃。

十二月的最后一个夜晚，我们两个都饿着肚子什么也没吃。所以新年的那个黎明，喝掉冰箱里最后一点牛奶之后，我们又跑出去觅食。外面冷得出奇，偶尔有辆黄色出租车载着几个狂欢之后的男女疾驰而过，一伙喝醉酒的人走过我们身边，其中的一个大声对我们说："新千年快乐！"

已经没有在营业的地方了，我们只能在街边一个二十四小时自助银行里的自动售货机上买了饼干和巧克力。也就是在那间满是涂鸦的玻璃房里，我们又一次拥抱在一起，吻得很忘情，榛仁巧克力和玉米糖浆的味道在两个人舌尖上交融，是种难以言喻的甜蜜和浓郁。之后很长一段时间，他总是时不时地说起，如果可能，想找那个银行拷贝那段录影。

一般来说，新形成的关系总会带来新的政治局面，这句话在我和林晰身上却没有应验。他并没有因为和我上床就成为听话的男朋友，还是和从前一样，管教我，照顾我，爱我，同时又对我若即若离的。

有的时候，他奉我为公主，点起散发着荷叶香气的蜡烛，在浴缸边上单膝跪下，伺候我洗澡，帮我擦干身体，涂上肉粉色的乳液，穿上丝质睡衣，一丝不苟仔仔细细；有时候，他自诩时尚专家，陪我逛街，幽幽地告诉我，女生穿露出脚趾和脚后跟的鞋子才最好看，但是不要选那双太过花哨的“萝卜汤”（Christian Louboutin）；一时间他是情人，在床上取悦我，同时循循善诱，教我如何让他也欲罢不能；一转眼，他又成了家长，要我拿成绩单给他看，汇报出勤情况，低眉顺眼地解释为什么有节课没有去上。

不管怎么说，那段日子，我一时间迷上了和他在一起，嬉笑亲吻抚触做爱吵架。我一有空就往纽约跑，甚至开始打算转学，想当然地觉得他一定也想跟我住在一起。等到真的说出来了，他却叫我趁早断了那个念头。

“为什么？”我搂着他的脖子发嗲，“你不想和我住在一起吗？”

“现在还不想。”他一本正经地看书，正眼也不瞧我。

“大坏蛋。”我抢过他的书，扔得老远，“自私鬼，怕我影响你自由自在的日子是不是？”

他不生气，把书捡回来，坐在床边上对我说：“我是怕影响你独立。”

我从背后抱住他，手在他胸前摩挲着，说：“不会的，我保证不麻烦你。”

他被我挑逗起来，转过身来吻我，我以为这下肯定搞定了，他却还是轻轻地但是坚决地说：“不行。”

我生气了，捶着床问：“为什么啊？”

他看着我的眼睛回答：“因为我爱一个人就停不下来。”

“那就不要停下来，永远在我身边照顾我好啦。”我听得心里暖暖的，抱着他耍赖。

“这个不好保证的。”他笑着说，不知道是存心逗我，还是当真的。看我变了脸色，他又伸手抓乱我的头发，说：“你骨子里是个坚强的人，干吗老是摆出这副受伤的小姑娘的表情啊？”

我背过身去不理他，喉咙口好像哽着什么东西。他过来亲亲我，说最受不了这个表情。我们默不作声地做爱，直到他在我耳边说：“我爱你。”声音沙哑，然后问我，“你爱我吗？”

我说：“嗯。”

他又问了一遍，我就点点头。他停下来，看着我，在我嘴上亲了一下，然后起来套了件衣服进了浴室。留下我在床上不解，怎么今天就这么没头没尾地结束了？我没敢问他，觉得自己好像做了件坏事。我真的真的想对他说“我爱你”，搞不懂为什么就是说不出口。

后来，我很长时间都没有再跟他提过要住在一起。他在同居这件事上的态度让我又回到了那种可怜巴巴没有安全感的状态。同时也带来了好的影响，我开始把学业和工作看得很重，开始明白我没有人可以依靠，我要一个人住，所以要拿学位，要找工作，要赚钱付房租。

我们见面的频率慢慢地固定在一周一次，由此也引出了那个男女朋友之间的经典问题：吃药还是戴套?

“你吃药。”他一开始就坚持。

“自私的男人都一样。”我恨恨地回答。

“吃药百分之九十九点九九有效，戴套只有百分之八十。”他说，“如果你觉得心里不平衡，也可以既吃药又戴套。”

我忍不住笑出来：“你是不是上次在医院吓破胆了啊？”

“是啊是啊。”他忙不迭地点头。

另一个则是我的经典问题：长发还是短发？

短发风潮过去之后，又开始流行长头发了，一时间天桥上、杂志里铺天盖地的垂顺长发，看得我羡慕死了。一次看秀回来，我照着镜子问林晰：“你喜欢长头发还是短头发？”

“长头发。”他想也没想就回答。

“为什么啊？”我耐住性子问他原因，心里却在说，就没见过这么不会说话的。

“这有什么为什么的，就跟喜欢大胸长腿一样啊。”他两手插在裤子口袋里振振有词地回答，丝毫不觉得自己很流氓，“而且我还知道，你也喜欢长头发。”说完就走过来和我一起端详镜子里的我，看了一会儿，对我说：“把头发留长吧。”

我突然明白自己反反复复问这个问题，想要的似乎就是这样的答案——喜欢什么，就去做吧。

于是，从那个春天开始，我一心一意地留长头发。其间修修剪剪，到大学毕业的时候，终于长到我理想中的长度——披在后面可以让肩胛骨若隐若现，拢到前面来刚好能遮住胸部。在这件事情上，林晰又一次说对了，长发和大胸长腿一样是种女性化的、性感的东西。短发可能很酷，但在男女朋友之间绝对是样扫兴的东西。正是这几十厘米的变化，让我慢慢地觉得自己像个真正的女人，也逐渐养成一些秀气的小动作。我不再是从前那个理着男孩儿头的傻大个儿了。而林晰也乐在其中，他会帮我把刚洗过的头发吹直，会把头发拢到一边，在露出来的脖子上印下一个吻。睡觉的时候，我的头发在枕头上铺散开来，他会把脸埋进去，闻混杂着香波和香水味儿的气息。

几年的大学生涯就这样过去了，又是一个夏天，我毕业了，在纽约一个会计师事务所找到一份工作。领到第一份薪水的同时，我信心满满地剪掉了妈妈给我的信用卡。不过，第二个月收到第一张自己的信用卡账单的时候，我发现差一百块钱没办法全额还款，才第一次真切地体会到生活不易啊。

与此同时，我终于搬进了林晰的公寓。那一年，他开始为一本一线时尚杂志摄影，已经有机会和名模合作，身边也有了专门的灯光师和助理。不用说，收入肯定不差。不过他从来没跟我坦白过他一年究竟能赚多少钱，更不用说像传统的上海男人那样上缴收入了。他给我买昂贵的礼物，请我在豪华餐馆里吃饭，带我去旅行，但是从来不会帮我还信用卡的欠款，最多最多也就是给我二十块钱坐出租车了。

相比他的风光无限，我的第一份工作真是非常非常非常底层，主要就是做些复制、粘贴、整理数据和盘点库存之类的简单重复劳动。就连梅森这个二十三岁、时运不济的老模特也口口声声地问我："你怎么这么想不通，去做这样无趣的工作？"

只有我自己知道，这个无趣的工作来得也并不那么容易。毕业前的大半年，我就跟成千上万愣头青似的毕业生一样开始疯狂找工作了，履历表一沓一沓地印，隔三岔五地就穿梭在马萨诸塞州和纽约州各处的招聘会里，写求职信，寄简历，填申请表，参加充斥着各种古怪问题的考试或者测评。如果运气足够好，就会得到一个一刻钟到三十分钟的机会，打扮得一本正经，在未来雇主面前摆出职业的表情，努力证明自己有资格成为某个大机构里随时可以被替换的零件之一。

终于，在开始做论文的同时，我在一家不大不小的银行里找到一个实习的机会。那个职位隶属于总行财务部一个管理现金流的小组，具体工作是核对几个中转账户的资金进出，把相对应的划入和转出匹配起来，然后对冲掉。听起来很白痴，实际上也是。这种工作绝对没有治愈癌症、保护热带雨林，或者拯救经济危机那么有意义，但是这样的进出账每天有成千上万笔，还会牵涉到汇率问题，做起来需要极为耐心和仔细。

而且，就连这样一个预计年薪不到五万美元的位子也不是拿稳了的。原本在财务部做兼职的莫林太太也想要转成全职工作，加入了竞争。刚开始我还觉得她挺可怜的，年纪至少有三十五岁了，年轻时安心在家做了许多年的家庭主妇，后来又离了婚，前夫还总是拖着不愿意付抚养费，因为经济原因才又出来做事。她手里只有一个社区大学的文凭，脚上穿的是超级市场里买来的几十块钱的鞋子，人不聪明，反应又慢，做起事情来瞻前顾后磨蹭得不行。但是，两个月之后，我就是输给了这样一个人。带我的师傅给我的评价是："聪明，但不太适合这份工作。"财务部经理与我握手，祝我能在其他地方找到属于我的"职业机会"。

两年之后，我和莫林太太在机场偶遇。她已经升了两级，刚刚从伦敦培训回来，减了肥，穿着得体，戴着副时髦的香奈儿黑框眼镜，原本平淡的面孔显得神采奕奕。不得不承认，与她相比，当年的我真的缺少了一些东西。这大约就是生活的历练吧，而生活究竟是什么？我花了很长时间才慢慢体会到其中真正的滋味。

但在当时，我还什么都不懂，回去就气得大哭，心里恨死了这个女人，觉得她肯定是马屁功夫了得。

撒完泼我又开始害怕，哭哭啼啼地问林晰："我要是找不到工作怎么办？"

"会找到的。"他不管我，只顾摆弄他的照相机。

"万一找不到怎么办？"我追问，"我觉得好累。"

一般情况下，这个问题的最佳答案是：那就不要工作了，我养你。但是，他却抬起头，看着我说："你最好问问你自己怎么办，你会想到办法的。"

雪上加霜的回答。我绝望地发现，自己的境况其实并不比莫林太太好多少。她有个拖欠抚养费的前夫，而我的男人会帮我改履历，帮我写信封，帮我寄信，跟我练习握手，模拟面试的情景，却永远不会说："你看起来好累，停下来吧，我来养你。"

所以，我认命了，擦干眼泪，继续写我的求职信。

几天之后，我接到通知去一家化妆品公司面试一个市场部的职位。出发之前还蛮高兴的，认真准备了一番，带齐了所有东西，早早地就上路了，到了那里才发现他们竟然通知了所有寄去简历的人，整个房间坐得满满登登，坐不下的就站着等。当然，原本在电话里约好的时间也是不作数的了，排在我前面的还有几十个人，不知道要等到哪年哪月。我很气，可又舍不得就这么走了。从下午三点一直等到六点多，终于轮到我了。走进面谈室，屁股还没坐热，人力资源部的女人看看我的履历，又瞟了一眼我随手放在脚边的黑色爱马仕吉普赛背包，说："我们要找的就是一个初级市场部助理，你觉得你合适吗？"语气里透着些揶揄。

我很想说，适合适合，求你考虑一下我吧，可嘴里说出来的却是："恐怕不合适，再见，女士。"说完就站起来，转过身，骄傲地走出去。

到了外面，我才发现自己做了件完全没有意义的蠢事，心里觉得委屈得要命，一路抹着眼泪开车回去。天已经黑下来了，我开车经过一个冷落的街区，在路口等红灯的时候，正想心事，突然有人走过来敲敲我的车窗玻璃跟我讲话。我听不清他说什么，刚刚降下车窗，他就伸手进来拉开我的车门，拿起我放在副驾驶位子上的包就跑。我一下子扑上去，抢回来，他拉住背包带子往外拖，我力气没他大，就整个人压在包上面，一面拼命地大叫。

不知道僵持了多久，可能只有不到一分钟的工夫，又有车子经过，那人才松手跑掉了。我浑身发抖，关上车门，升起车窗，上了锁，立刻离开那里。一路上，我慢慢平静下来，腾出手来擦掉眼泪，想想实在后怕，自己当时很有可能受伤甚至送命。也不知道哪里来的蛮勇，又或者只是借机会出一口怨气，好把找工作受的委屈排解掉。

这件事我一直没有告诉林晰，只是对他感叹，四千美元的包包果然比一般的要牢一点，一半是赌气，另一半是不想让他因为这件事情，做出有违他初衷的决定。我不想强迫他说“我来养你吧”，这句话在那种情形下说出来，就一点意思也没有了。而且，就像他说过的，我也看到自己骨子里是坚强的人，我不想再做出受伤的小姑娘的表情。至少，在他面前。

十四岁、十六岁、十八岁、二十一岁、大学毕业，整个人生当中有如此之多人为树立的里程标记。时间分分秒秒，日子一天一天地过去，你不断长高，变重，鞋码越来越大，你来月经了，需要戴胸罩了，可以考驾照了，去酒吧不用假身份证了，有封信寄给你提醒你去投票选举。再接下去，突然有一天，所有人都觉得你已经是大人了，不约而同地期望你变得独立、勇敢、理智，要求你为自己所有的行为担负责任。突然有一天，你不再能像从前一样，打破了东西哭一通鼻子了事，不会有人反过来劝慰你，给你一块柠檬味的软糖，再在你哭红的鼻子上印下一个吻了。

但是，你真的可以吗？你真的长大了吗？我怀疑。

又过了两个月，在一次笔试、一次综合能力测评和三轮面试之后，我终于拿到现在这份工作的要约。我很得意地拿给林晰看，一时间又忘记了所有独立自主的原则，装得惨兮兮地对他说："这点薪水在纽约只能住贫民窟，我能不能来跟你住啊？"

他拥抱我，点点头。

也许注定了的，他永远要对我让步。

两个人住到一起之后，他无论如何都没办法适应我的生活习惯。我一周洗一次衣服，换下来之后喜欢到处乱丢；拿书出来看，看过了从来不会放回原处；护肤品、化妆品、各种首饰小摆设浩浩荡荡摆了一桌子；衣服鞋子占了他衣橱里的半壁江山，还时常霸占他的地盘。有段时间，我们每隔一两个礼拜就要跑去百货商店家居部买衣架，只因为家里原来有的那百八十只总是不够用。不过，现在再回想起那个时候，两个人抢来抢去的似乎也很有意思。

终于有一天，林晰忍不住对我感叹："原以为你从小没有妈妈自理能力应该很强，怎么会这样？"

我带着一种"货物售出，概不退换"的奸商心态向他坦白，我爸是那种衣服从来不洗，穿起来照样玉树临风的人物，我们父女俩过日子家务活儿一切从简，小时候就是觉得洗头梳头麻烦，我爸才骗我去剪了个男孩儿似的短发。林晰这下知道上当了，跟在我屁股后面收拾了一阵儿，最后还是认了栽，专门请了个人做清洁，总算是把这件事给了了。

就这样，我们过起了热闹亲密的小日子。慢慢地，我就像他担心的那样开始彻底依赖于他的照顾，我不必担心房租水电，吃喝也全由他埋单，于是就心安理得地把头几个月的薪水全部用在买衣服、鞋子和化妆品上面。被他骂了一顿之后，才开始了强制性的储蓄计划——增加了保险，规定每个月只能花薪水的二分之一，余下的二分之一一半存款一半投资。

在那之后，每次站在商店的试衣镜前面，身上的裙子舍不得脱下来还给店员，我总要在心里骂一句：该死的林晰！直到看见银行账户里稳稳增长的数字，才又理智起来，不得不承认这才是一个心智健全的成年人该做的事情。

五

/

苏醒玫瑰

/

是他让你变成现在的样子，美丽、坚强、独一无二，

哪怕你实际上根本不是这个样子的……

时尚摄影师和会计师事务所的小职员，这两份工作听起来似乎没有什么交集，却都常常要出差。每个月总有几天，我和林晰合乘一辆出租车去机场，然后在候机大厅匆匆吻别。我们从来没有坐过同一班飞机，只因为两个人的目的地总是不一样的。我去的是些听名字就很气闷的工业城市——底特律、克利夫兰、密尔瓦基、威奇托、明尼阿波利斯、圣保罗……而他总是飞往米兰、伦敦、东京，当然少不了的，还有巴黎。单单看着印着这些地名的机票就叫我向往死了，不知道自己什么时候才能有这样的好命，去那些文明光鲜的地方长长见识。

如此这般的白日梦一直持续到秋季，有一天，林晰好像不经意似的问我：“下个月能请假吗？”

“干吗？”我冷冰冰地问他，随手翻了翻满是工作安排的效率手册。

“我去巴黎出差，可以带上你。”他还是不经意的口气。

我不在乎他是不是在存心寻我开心，一下子跳起来，惊喜地尖叫，抱住他一顿亲。我要去巴黎了！那个从小就向往的地方，那个机缘巧合错过了的地方！当然，我不后悔来美国，毕竟在这里我得到了他，这个从一开始带着点法国味烙印的情人，或许真是冥冥之中注定了的，要由他来把巴黎展现给我看。

我一下用光了十五天的年假，加上周末，可以有整整三个礼拜不用上班。假期确定下来，就忙不迭地打电话告诉妈妈，她也很高兴，说："Enfin, tu vas venir à paris."（终于你要来巴黎了。）接着就开始计划要带我去哪里游览，参加派对，去看歌剧……

出发的前一晚，我兴奋得像是就要去春游的小学生，无论如何睡不着，半夜里又爬起来检查了一遍行李。林晰睁开眼睛看看我，说了一句："小孩儿，快回来睡觉。"又睡着了。

终于挨到了那个大日子，我们坐的航班在傍晚时分起飞。我零零碎碎带了许多东西，一件小礼服生怕压坏了，单独装在一只印着事务所标志的行李袋里，没有托运，准备随身带上飞机。林晰看见了，说："这袋子真难看，我不拿啊。"

"不拿就不拿，你装作不认识我就好啦。"反正也不重，我心情好，不跟他计较。

拿好登机牌，他拖两只拉杆箱，我拿着行李袋，乘自动扶梯到上一层的候机厅。有那么一一瞬，我突然觉得好像有人在看着我，不是那种路人随意投过来的一瞥，而更像是注视，尽管是远远的，还是能感觉到那道目光的温度。我回头四处张望，却只看到行色匆匆的陌生人。

公务舱果然物有所值，我这个坐惯支线飞机经济舱的小职员，这次终于可以舒展身体，睡得很好，时差对我几乎没有影响。清晨六点多，飞机降落在戴高乐机场的时候，我正神清气爽，搂着林晰的脖子来了个货真价实的法式亲吻。

邻座的法国大爷用磕磕巴巴的英文问我们："你们是来法国度蜜月的吧？"

我笑着回答："算是吧。"

搞得大爷摸不着头脑，过了一会儿才恍然大悟地跟身边的大妈说："C' est sur qu' ils envisagent de se marier à Paris."（他们一定是来巴黎结婚的。）

九月份的巴黎，早晨已经微微有些凉意，太阳升起来，阳光却特别明媚。我妈和囧叔跑来机场接我。妈妈对林晰一直照顾我表示感谢，直到发现原来我不打算住在她那里，而要跟他住酒店，目瞪口呆地看了我们一会儿，才笑起来，拥抱了我们，小声对我说："我早说过他是个好人。"

中午，我们在妈妈和囧叔的房子里吃饭。他们住在第六区图尔农街上的一栋老式公寓里，那样的房子在小巴黎随处可见，就像黑白电影里的布景一样，外墙灰黄，雕梁画栋，里面有螺旋形的大理石台阶和手拉黑色折叠铁门的狭小电梯。他们住在顶楼，房间层高很高，光厅就有四个，几乎每个房间都有壁炉，屋顶露台布置得像个真正的花园一样。

四个人坐在一起，想要亲密又有点拘谨。妈妈依旧年轻，不知道靠的是日复一日的精心保养，还是每年一次的瑞士美容之旅。冏叔似乎也在努力健身，瘦了一些，神采奕奕。当然比起白种人，亚洲女人更不容易显老，何况还差了十几岁的年纪。冏叔还是觉得有这么一个太太很有面子，在一旁殷勤伺候着。

公开了我们的关系，林晰多少有点不自在，妈妈总是一副忍不住要笑的样子看着他。他皱皱眉头，尴尬地笑笑，转过头去看着窗外，装作观赏风景。我饶有兴味地看着这一切，周围有那么多富丽新奇的东西等着我去发现，身边的每个人都相亲相爱地在一起，这种感觉像新鲜空气充满肺叶一样把我的心装得满满的，除了轻到没有重量也看不出形状的快乐，再也挤不进其他任何东西了。

吃过饭，我和林晰去苏弗朗路的希尔顿酒店登记入住。那个地方在第七区，位置靠近塞纳河，几乎就在埃菲尔铁塔的影子下面。从房间里看出去，不远处就是巨大的塔身，跟通常在图片里看到的小小的剪影不同，那么近，那么大，简直不像是真的。次年二月份，看到电视剧《欲望都市》的大结局，凯瑞·布兰肖在雅典娜广场酒店的露台上转身看到埃菲尔铁塔，兴奋得又叫又跳。我当时的反应跟她也差不了多少，只不过希尔顿没有雅典娜广场酒店那种古典味道，而是彻头彻尾的摩登风格。

也正是在那个午后，我站在阳台上歪着头看着慵懒阳光里的铁塔，林晰走过来从身后抱住我。

“这样真好。”我忍不住感叹，然后，美美地吐出一口气，第一次很自然地把那句话说出来，“我爱你，林晰。”

他肯定听到了，却还是默不作声，怀抱变得很紧，把我转过来，然后用我想象不到的最温柔的方式久久地吻我。如果不是因为他下午有工作要做，我相信我们一定会爱得昏天黑地的。

过了好几天，我才知道，出差去巴黎也不单纯是件轻松的美差，坐公务舱跨洲旅行，住市中心的豪华酒店也都不是白白享受的。作为回报，林晰每天平均工作十二小时，有时甚至周六也要加班。不过，我们虽然不能二十四小时地混在一起，却照样觉得无以复加的幸福。

每天早晨我都会在他的亲吻中醒来。吃过早饭，我们一路逛到战神公园的最南边，他会在街边的花店里给我买一束玫瑰，然后和我告别。我看着他坐上来接他的车子离开，总要等到那辆银灰色的奔驰R350消失在乔弗瑞广场的转角，方才转身，一个人慢慢走回酒店，把花插进玻璃瓶里。

他每一次买的玫瑰品种都不相同，颜色也不一样。一天、两天、一个礼拜过去，我头一遭知道这世上居然有这么多种名字的玫瑰——嫩粉色的苏醒玫瑰，白色的芬德拉，浅橙色的舞会皇后，酒红色的樱桃白兰地，淡紫色的海洋之歌，肉粉色的戴安娜，粉中带白的玛丽亚，白里透粉的蜜桃雪山，桃红色的瑞普索迪，紫红色的米兰玫瑰……柔软剔透的花束渐渐摆满了整个房间，叫人心都酥软了，然后慢慢地也变得如那些沾着露珠的花瓣一般澄澈而干净。

上午余下来的时间，我一个人去博物馆，或是沿着河岸散步。快到中午的时候，搭地铁到塞纳河的另一边去，坐到玛德莱娜广场站下车，在艾维克城路和安茹路街角的咖啡馆里等他。天气好的时候，我总是坐门口的露天座，看着路上的行人和天上偶尔飘过的一朵浮云。一个小时，甚至更久，我不在意，总是等他，也从来不打电话催促，心里知道，即使天塌下来了，他也会来跟我一起吃午饭的。艾维克城路是条东西向的马路，不管我面朝哪个方向坐，他总是会突然出现在我身后，一点声音也没有，静静地把手放在我肩膀上，或是在我左边脸颊上很快地吻一下，吓我一跳，然后笑我的反应。

吃过饭，我们又分手，他回去工作，我四处闲逛，继续等他。只有一个下午例外，他突然又转回来，在玛德莱娜广场地铁站的入口处追上我。那个下午，我们哪里也没有去，在酒店房间里搂在一起午睡，一直睡到柔和的风吹开窗帘，红色的晚霞出现在埃菲尔铁塔的后面。吃晚饭的时候，他告诉我，中午和我分手之后，他走回去，只差五个门牌号码就到了，却突然觉得自己什么也做不了，只想和我在一起。他没上去，打电话告了假，不容分说地把十几人撂在那里。

没错，那段日子，他几乎忘记了所有的原则，而我也变得很笨，很死心眼。我们想要的东西似乎格外清晰而简单，就在眼前，在身边，在床上，好像一伸手就能抓住，会在手心里慢慢地融化，然后再渗入到心里去。

三个礼拜里面，我们看了两遍普契尼的《波西米亚人》。只因为我喜欢坐在歌剧院的拱顶下面，听女裁缝唱“我的名字叫咪咪”，听鲁道夫对咪咪诉说“odolce viso di mite circonfuso alba lunar”（月光如纱般轻拂着你的脸庞），直到全剧终了，哲学家柯林唱起咏叹调“永别了，我的外套”。我发现《漂亮女人》当中爱德华对维维安说的话是真的：“第一次看歌剧的人反应是很两极的，不是极端热爱，就是极端讨厌。”我一定属于前面一种，而《波西米亚人》在我心里将永远代表着爱情和巴黎。

除此之外，我也终于看到了让·巴普蒂斯特·柯罗的作品，不是在林晰曾经说起过的大都会博物馆，而是在罗浮宫，最好的那一些。我向他承认，自己是第一次见识到颜料也可以表现那么多种轻烟薄雾般的灰色，让画面静谧优美得像略带诗意的梦境。他却纠正我，说柯罗的确优美、的确诗意，却绝不媚俗造作，从来都没想过要画些不真实的东西讨好普罗大众。

真实或者抒情，我其实并不在乎，但还是问他：“那《林中仙女之舞》里的仙女和小爱神也是真的咯？”

他看出来我是存心跟他过不去，笑起来："宝贝，那是印象的真实，那个时候，他心里肯定有些不舍得忘记的感受，变成了仙女和小爱神。"

"那你有吗？"我抱住他，咬着下嘴唇，坏笑着问他。

他点头，在我嘴上亲了一下，回答："有，而且总也忘不了。"

我好像立刻就懂了他的意思，却要等到几年之后才学会表达：那是现实主义的眼睛，诚实的头脑，加上一颗浪漫的心，也正是那颗心深处一瞬间的脆弱才最真实动人。

三个礼拜之后，我先一步回纽约，林晰要在那里待到十月中旬。我们仿佛刚刚度完蜜月又要分离的新婚男女，在机场走走停停，难分难舍，一直等到最后一遍广播响起来，才真的分别。过了安检，我隔着几重玻璃远远地看他，满心想着不远的将来有多少美好的日子等着我们一起去体会，美好得就像刚刚过去的三个礼拜一样，浑然不知命运又有怎样的转折等着我去经历。

回到纽约家里，我打开电脑查收邮件，公司邮箱里塞满了各种抄送来抄送去的信件，一封一封看下去，无关紧要的统统删除。有一封的标题是"Hello"，发自一个不熟悉的地址，我以为是垃圾邮件，看也没看就拖到"垃圾桶"。拖完之后纳闷儿，刚刚好像看到在预览栏里显示的是一句中文句子，又去垃圾桶里找出来看。信里写着：

你好，你是程闻瑾吗？

没有署名，发信的日期是我去巴黎之后的第三天。我觉得很好玩，想了半天还是猜不到发信的人会是谁，就回了一句：

我是程闻瑾，你是谁？

洗完澡出来，回信已经来了，还是只有一句话：

我是周君彦，我在纽约。

我茫然地盯着那个句子看了半天，好像完全看不懂那句话的意思，也搞不清楚自己究竟在想些什么，只觉得心怦怦怦地在跳，手也随着那个节奏止不住地发抖，整个人就跟一台哐啷哐啷作响的老式水泵机差不多。大约三十秒钟之后，我伸出手一下关掉电脑，扎起头发去浴室洗漱，洗完了就爬上床，关灯睡觉。我闭着眼睛躺在黑暗里，被子盖过头顶，过了很久还是没睡着。飞机落地的时候已经是东海岸时间晚上十点钟，在巴黎正是凌晨，我却全无睡意，左边太阳穴一跳一跳地疼。过去三个礼拜里装满了的心好像又空了，生出一股挥之不去的思念的感觉，却不确定对象是哪一个。

不知道过了多久，放在床头柜上的手机响了一下，我拿过来看，是林晰发来的短信：刚刚做了一个梦，你躺在我身边，身上是一件深红色的蕾丝睡衣，你伸手抚摸自己的身体——嘴唇、脖子、胸、肚子……

巴黎这个时候已经是天亮了，他应该刚刚睡醒，在希尔顿酒店那张熟悉的床上睁开眼睛，心里全是我的样子。我也努力在脑子里想象那个香艳的场景，然后回了一条短信：然后，我对你说，把睡衣撕了。他没一会儿工夫回了一条：孺子可教。

黎明时分，细微的光线从窗帘的缝隙透进来的时候，我才迷迷糊糊地睡着了。我的梦里没有深红色的蕾丝睡衣，没有幻想没有游戏，只有一片炫目的夏日的阳光，温热的碧蓝色的水，抚过我的皮肤，穿过我身体的缝隙，像锋利无比的刀刃一样让我一瞬间体无完肤，却不见血，也不觉得疼。而在这所有一切的背后，一种细洁的、鲁莽的、稚嫩的触感悄悄地浮现，我心里清楚那是什么，却不愿意承认。

早上八点钟，我起床，洗了个冷水脸，匆匆忙忙地冲出门去公司上班。三个礼拜的长假之后，积了不少工作，一到公司就手脚不停地忙了一上午。吃午饭的时候，给同事看在巴黎拍的照片，几个姑娘聚在一起叽叽喳喳地表示艳羡。所有的事情看起来似乎都很正常。只有我自己知道哪里不对了——那封邮件，我留在收件箱里的那封：我是周君彦，我在纽约。每次回到电脑前面，它就安静地横在那里，而我却装作没看见。

三天之后又一封同一个发件人的邮件跳出来：早上在麦迪逊大街看到你了。

他说过会来找我，真的来了。不仅是在纽约，而且就在曼哈顿。这个区区几百万人口的小岛，我们可能在任何时刻任何地点不期而遇。有的时候，他就看着我，只是我不知道罢了。我右手握着鼠标，在“回复”和“删除”中间来回反复，最后点了“回复”。光标在一片空白当中慢悠悠地跳动，我写了又删，删了再写，改来改去最后只是一个简单的问题：最近怎么样？一切都好吗？然后在再一次犹豫之前发出了邮件。至少在那一刻，我可以确定自己没有更多的企图，这的确就是我唯一想对他说的话。

半小时不到，回信就来了：下午一点钟，门厅见，如果你不能来请通知我。

话还是很简单，像是轻轻地说的，但不知道为什么我总觉得那是种下命令似的语气，就像前戏里说“把衣服脱掉”这样命令的语气。我对着电脑发呆，一个同事经过我的座位，说：“你脸怎么那么红？”我伸手摸了摸，脸是烫的，手却冰冷。接下去的几个小时里，我勉强做了点事情，又间歇性地发了好几次呆，手始终也没有暖起来。总算混到午休时间，有人招呼我一起去餐厅，我推说手上还有一点活儿没干完，让他们先去，不用等我。直到办公室里的人快走光了，我还是没有决定究竟要不要去赴这个约会。

电脑屏幕右下角的时钟显示下午一点零一分，我还在纠结。零五分，我开始想象周君彦站在楼下四处张望的样子。我不确定现在的他会是什么模样，整整四年过去，想来一定已经改变了许多。但是，在我的想象里，站在楼下人群中等我的人，还是多年以前虹桥机场里那个呆呆地看着我远行的少年，脸上带着一种小孩子一样失落的表情。当那个表情在我脑子里渐渐浮现，变得越来越清晰的时候，我跳起来，拿了衣服和包冲出办公室，搭电梯下到底楼。电梯门打开，我走出去，几乎立刻就看到了那个高个子的身影——站在初秋冷冷清清的阳光里面，没有四处张望，反而低着头，两手插在西裤口袋里，好像肯定我会出现，会一眼看到他似的。

霎时，我有种要退回去的冲动，但又觉得那样做实在很蠢，于是就做出一副单纯的老同学久别重逢的样子，笑着走过去，拿包包在他身上打了一下。他转过头看到我，也绽开一个同样单纯的笑容，说了声："嗨，还没吃午饭吧？"然后就说带我去吃饭。

正是饭点儿，我们出了办公楼，在人群里走着，没说什么话，没有拉手，时不时地被路上的陌生人隔开。我注意看了他几眼，他穿得非常漂亮，深灰色西服，白衬衫有精致的斜纹，没有打领带。跟林晰在一起久了，我也有了些眼力，几乎可以在一群男人中间一眼分辨出穿两千美元名牌西服的得意青年，五千美元高级定制西服的成功中年，以及其他不入流的路人甲乙丙丁。而眼前这一身行头足可以保证这个二十三岁青年不会在任何体面场合露怯，他的境况一定跟几年前说“什么都没有了”的时候截然不同了。

果不其然，他把我带进附近一家五星酒店的餐厅，跟门口的招待员打了个招呼，径直走进去，熟门熟路地选了一个角落里的两人位坐定，点了菜。英语说得非常好听，不太美式，也不带其他任何口音。

等上菜的时候，我问他：“你怎么知道我的邮件地址的？”

“上个月在机场看到你了，你拿了个有你们事务所标志的旅行袋，我们公司刚好请了你们做审计，我拜托其中一个审计员查纽约事务所，姓程，名字首字是WJ的邮件地址，只有你一个。”他不紧不慢地解释。

“你在纽约工作？”我问。

“算是吧，暂时的。我还在安娜堡读书，明年毕业。”

“密歇根大学？”我问，他点点头。

菜上来了，我完全没有胃口，但还是一口接一口地吃。每一口都到不了胃里，全都堆在心口上，越来越重，几乎透不过气来。

“韩晓耕也在那里吧？”我终于说出来。

他不回答，一只手伸过来拉我的手，我躲开了，手里的色拉叉掉在地上发出清脆的声音。

侍者麻利地过来换了把干净的给我。有外人在近旁让我冷静了一点，想想都是四年前的事情了，我又有什么理由不让他们在一起呢？

“不管怎么样，我们总还是朋友对吗？”他很凑巧刚好说了这么一句。

我点头，对他笑笑，觉得自己笑得实在尴尬，就说要去一下洗手间。厕所里正好没人，于是我就傻乎乎地站在洗手台前对镜子里的自己说：“就这一顿饭，吃完了就拜拜，忍忍就过去了，然后就跟我亲爱的好好过日子。”

从洗手间出来，却发现原来的座位空了。侍者走过来指指靠窗的位子，我顺着他手指的方向看过去，周君彦正站在那里跟两个男人讲话。同一桌上还坐了个模特模样的艳女，一副厌倦的样子看着他们。我走过去，准备趁机告辞走人。

他回头看见我，伸手把我揽过去，向那两个男人介绍：“安度会计师事务所的程闻瑾小姐。”又对我说，“这是霍德森先生，那是麦尔斯先生。”两个名字我一个都没记住，敷衍着点点头。

那个“霍德森先生”却挑起一边眉毛对我说：“世界真小啊。”我茫然地看着他，他又说，“不要装作忘记了，你还欠我一个领结呢。”我想起来那个新千年派对，世界真的好小。

周君彦和麦尔斯先生明显很惊讶，我居然跟霍德森早就认识。我赶紧解释说就见过两次，算不上认识。霍德森随即拿出一张名片递给我，那是张很厚的奶白色卡片，上面印着这家酒店的标志，他的名字亚历山大·霍德森，一个手机号码，没有任何职务或是头衔。

周君彦看到，笑着说："你真有面子啊，我这么久了也没有拿到霍德森先生的名片。"

我有点反感他这种逢场作戏溜须拍马的样子，他可能不在乎，我却觉得他不应该是那个样子的。我不清楚在座的两个中年男人到底有什么了不起的背景，故意带着点儿不屑的笑问霍德森："那我是不是应该觉得受宠若惊啊，霍德森先生？"

"叫我Alex。"他一本正经地回答，转头又对周君彦说，"对不起了，周先生，我的名片一向只给女孩子的。"

这种有一搭没一搭的调笑实在是很没意思，我不愿意再待下去，低头看了一眼手表，说："对不起，我还要回去上班，先告辞了。"

霍德森和麦尔斯跟我说了声"幸会，再见"，周君彦却一把拉住我，在我耳边轻声道："行政公寓十一楼十五号房间。"然后，把一张门卡塞在我手里。

又是那样的语气，轻轻的却像是道命令，说得我膝盖软了一下。我不知道这四年他怎么过的，反正他早已经不是原来那个雅俗共赏的三好学生了，一身昂贵行头，举止潇洒老练，神情里却带着更多晦暗和复杂的东西。我不想给自己的行为找任何借口，出于一种复杂的欲望——情感上的、身体上的，以及去了解他的生活的欲望，那天中午，在行政公寓的休息室里纠结了十分钟之后，我还是去了他的房间。

十一楼十五号，沉重的樱桃木门后面是一个不大不小的套间，房间里隐约飘散着一股檀香味儿。家具摆设都是经典的美式大都会风格，成熟华贵，相比之下，我和林晰住的那间公寓就好像两个大学生合租的房子一样小儿科了。套间里自带一个半开放式的厨房和一间宽敞的浴室。我细细地看房间里每一个角落，知道他住在这里，却找不到任何熟悉的影子。厨房的水池里放着一副用过的咖啡杯碟，我脱掉西服上衣，搭在餐椅的靠背上，卷起衬衣袖子，打开水龙头把杯子和碟子仔细洗干净，放在沥水篮上。很久以后，我还是搞不懂自己为什么要那么做，好像理所当然似的，我就应该为他洗那副杯碟，以及做其他任何事情。

洗完杯碟，我走进浴室，从洗手台上拿了一条毛巾擦干双手。转头看见水池旁边摆着的一个荷叶形状的银碟，里面随手丢着两副袖扣和一只棕色皮表带的手表。我拿起那只表看了看，柏达翡丽，表盘背面用娟秀的斜体字刻着“To beloved Yan”（给挚爱的彦）。那几个字搞得我几乎笑出声来，太讽刺了，我十七八岁的时候曾经以为林晰过着这样的日子——做听话的漂亮男孩，有个知道疼人的金主，不再用为付账单而担心——怎么都没想到周君彦会变成这样的人。但笑归笑，心里倒开始有一些释然，都已经这样了，各过各的吧，还纠结什么呀。

放下手表，正准备出去，一抬头却又看见镜子旁边的玻璃隔板上放着一个眼熟的黑瓶子，圆形瓶身，金色瓶盖，上面刻着细细巧巧的花朵图案，是一瓶“雅弦”。我停住了，伸手拿下来，打开，对着面前的空气按了一下喷头，佛手柑、橙花、伊兰和玫瑰……我几乎背得出这一层一层展开的气息，最后剩下的是广藿香和檀香。我突然明白刚才在房间里闻到的香味是什么了，那味道充满了整间屋子，是整整三百立方米的回忆。

门“咔嗒”响了一声，我从镜子里面看到周君彦走进来。他在浴室门口停了一下，然后朝我走过来，从身后抱住我。那只香水瓶还拿在我手里，我身上勾起回忆的味道比其他任何地方更加新鲜浓烈。“雅弦”，Arpege，原本指的是古典吉他弹奏出的舒缓琶音，在那一刻却更像绷紧的琴弦，一触即断。

“为什么藏了瓶女香？”我问他，“你自己用的？”

他没回答，低下头，闭上眼睛，鼻子和嘴唇贴着我耳边的头发，轻轻地说：“你不知道我找了多久。”

“香水？还是我？”

他轻轻地笑了一下，每一次呼吸都撩拨着我的耳垂和脖子，

“你告诉我的时候我根本不知道这个牌子，名字也没听清。一直凭着记忆在找，到处找，别人总是问我为什么那么喜欢香水，而且还是女香。”他继续说下去，“直到有一天，在安娜堡一条街上走着的时候，我突然又闻到这个味道，一个女人从我身边跑过去，上了一辆电车，我没来得及上车，就跟着那辆车跑，一直追到下一站，问她用的是哪种香水。像个神经病，是不是？”他自嘲地笑，还没笑完，泪水就一滴一滴地落在我的肩膀上，每一滴都发出很轻的声音，却又显得沉重异常。

我回过头，伸手想擦掉他的眼泪，他侧过脸吻了一下我的手心，然后抓住那只手，把我拉进怀里，低下头吻我。一瞬间，我好像什么都不记得，什么都顾不上了，闭上眼睛任由他亲吻。直到他把我推到墙边，一只手隔着衬衣贪婪地抓揉着我的胸部。那动作完全不是从前那样生涩笨拙，他似乎已经很知道应该怎么挑逗女人，怎么把她们的嘴唇分开。我心里起了一阵反感，转过头去躲开他的嘴，推他，叫他放手。

他停下来，红着眼睛问我：“你是不是遇上别的什么人了？”

我看着他，没办法回答，脑子里只有一句话：“是你卖给别人了。”一说出来就好像用尽了全部力气，浑身都软了，我背靠着墙壁滑下来坐在地上。他也跟着跪下来，似乎想解释，却又什么都没说。

他松开我，也坐在地上，过了很久才又开口：“我要你帮我做件事。”

我没接口，猜不到那会是什么事情。

“帮我约霍德森面谈。”他继续说。

我以为自己听错了，觉得他的要求蛮好笑的，却又笑不出来，只好又说了一遍：“我根本不认识他。”不知道为什么心里有点害怕，紧接着就问他，“你想干什么？”

“跟他要十亿。”

“人民币？”

“美金。”

想到自己银行户口里的数字从来没有达到过五位数，我到底还是笑出来了。这么看起来，我们两个真的不是一个阶层的人了。“你叫韩晓耕去约他吧。”我冷笑着说。

他听了倒没生气，淡淡地回答：“她什么都不是。”

我想问他，那我又算是你的什么人？问题几乎脱口而出，终于还是忍住了，只是反问：“我为什么要帮你？”一面扶着墙壁站起来，低头拉了拉裙子。

他没看我，回答：“算帮我赎身。”满不在乎的语气。说完也站起来，对着镜子整理衣服，一会儿就又恢复到原来潇洒贵气的样子。

我觉得他这句话真的很不要脸，一分钟都不想在这个屋子里待了，对他说：“我真的要回去上班了。”说完转身就朝门口走。他没再说什么，也没拦我，跟着我走到门口，替我打开门。我不想让他跟着，却发觉自己根本没有力气说什么让他滚蛋的话，任由他陪着我走出去。

从酒店到公司的路上，周君彦告诉我，他这次来纽约是想要做一件大事。

韩晓耕的爸爸经营的英华锦新集团，十年前还只是一家负债的集体所有制三星级酒店，在20世纪90年代中期转成股份制公司。当时正是房地产低迷、市场萧条时期，他靠各种或黑或白或灰的渠道得到大量贷款，迅速扩张。现如今，集团旗下已经有数十家下属企业，经营行业涉足高级酒店、旅游会务、房地产和建筑业，资产近百亿元人民币。

时任董事会主席的韩新华喜欢玩大的，20世纪90年代末那拨海外上市的潮流他没赶上，因为彼时他的企业资产还不够上市融资的资格，但一直没有断这个念头。几年前，他请了一家纽约的投资顾问公司，希望通过反向收购的方式在美国借壳上市，但结果并不好。这家三流中介推荐收购的“壳”公司竟然是一个“粉壳”，也就是只能在粉单市场（pink sheet market）交易，声誉不佳的绩差企业。既不能算是真正的上市公司，凭借其过往的业绩，短期内也很难在私募市场融资。如果就此收手，之前咨询、收购、审计所花的一大笔钱就都算是白扔了。讲到这里，周君彦不屑地说了一句“乡镇企业”。而他要做的是让排名前五的投资银行接手这个项目，然后找美国酒店业的著名企业入股，让那家“粉壳公司”改头换面，真正在纳斯达克上市。

愿意做项目的投行已经找到了，人家给他推荐了霍德森的酒店集团。但接洽了几个礼拜，霍德森始终没给他面谈的机会。

我听着他讲，一直都没说话。走到公司楼下，我问他：“你想让我干什么？跟他睡觉？”

他看着我，突然变得很严肃，没有说是也没有说否，转身走了。我上楼回到办公室，午休时间早已经过了，一进门就有人找我做事。等我忙完了回到位子上，看到收件箱里有一封新邮件：

我爱你，但我必须做成这件事。相信我，我不会让任何人伤害你。

我盯着那个句子看了好一会儿，默默地对自己说，今天是星期三，星期天晚上林晰就回来了，还有四个晚上四个白天。

四个晚上三个白天过去，周君彦没有来找我，也没有再发邮件过来。我努力集中精力工作，拼命克制住自己不要每隔两分钟就按一次收件箱的刷新键。而与此同时，林晰在巴黎还什么都不知道，仍旧每天打电话给我，至少早晚各一个，有时工作时间兴之所至也照样会打，叫我“宝贝”，说他爱我，告诉我巴黎发生的有趣的事情。要是在从前，我肯定会盼着他来电话，但那几天，我第一次觉得他变得有些缠人，听他讲话的时候总忍不住要走神，轮到我说话又经常前言不搭后语的。他问我怎么了，我就随口胡扯，说正在看新闻，在写东西，老板明天要，或是刚吃了感冒药头昏昏的……挂掉电话又内疚起来，暗地里骂自己是可耻的骗子。

星期天一大早，电话又响了，是林晰，告诉我他晚上九点五十到纽约。

我装得挺高兴地回答："你快回来吧，我有一肚子话跟你讲。"

"现在就讲，快叫肚子来听电话。"他开玩笑，声音听起来既轻松又兴奋。我本来也应该是这样的。

挂掉电话，我随便吃了点东西，就开始慌慌张张地收拾房间，把到处乱丢的衣服鞋子包包收起来放好，该洗的洗掉。接下来，虽然知道林晰不会看我电脑里的东西，从来没看过，但还是打开电脑，把周君彦发给我的那几封邮件删除掉。觉得自己像是个干了坏事儿的小孩，赶在大人回来之前湮灭证据，我也知道一个二十几岁的成年人再做这样的事情实在是很没意思，却又不得不那么做。

等所有该藏的都藏起来该烧的都烧了，我换了件衣服，出门在街上漫无目的地闲逛。经过一间La Perla专卖店，看到橱窗里陈列着一件深红色的蕾丝睡裙，标价将近四百美元，很短，薄到几乎透明，看起来好像注定会被撕破似的，还是没有犹豫就买下来了。整个人就像在梦游，直到结账的时候才听见店员在恭维：“黑发的姑娘穿红色最好看了。”

天黑下来，我回家，洗了澡，躺在床上。中饭晚饭都没吃什么东西，胃开始隐隐地痛起来。我不管它，一直睡到电话铃声响起来，林晰说他下飞机了，现在在出租车上。五十分钟之后，他走进家门的时候，我已经穿上那件红色的睡衣，在客厅中间正对大门的地方放一把高脚凳，坐着等他了。

他看着我，说了声“嗨”，把包和箱子放在门口，手里拿着一瓶“薄若莱”酒，朝我走过来，一直走到伸手就能碰到我的地方。我坐着没动，忍不住低下头不敢看他的眼睛，心里希望他马上就吻我，那样我们就能离得很近，近到看不清对方的眼神和表情。但他却停下来了，站在原地出神地看我，看了好一会儿才伸手把我揽进怀里。我松了口气，伸出胳膊环抱住他的脖子，一点一点地浅浅地亲吻他的嘴唇，一直吻到他的呼吸变得急促起来，紧贴着我的身体，更加热烈地回吻我。我沉浸在那个吻里，刚刚半闭上眼睛，却又想起另一个人沾着泪水、混杂着些许苦味的嘴唇。我一下子睁开眼睛，不自觉地躲了一下。

“怎么了？”他察觉到那个细微的动作，轻声问我。

我推开他，从凳子上下来，向后退了半步，不知道怎么解释，刚好看到他手里的酒瓶，就说：“那个好冷，冰了我一下。”

他好像皱了下眉头，紧接着又笑了，说：“我去放好。”转身走到茶几边上，放下那个酒瓶。

我看着他的背影，突然觉得很难过，为他，也为我自己。我跟过去，从身后抱住他，贴着他的耳朵轻轻地说：“来吧，就像你梦里那样。”

似乎过了很久他才转过身，也在躲着我的眼睛，默不作声地抱起我，一直抱到床上，把我身上深红色的蕾丝和绸缎撕开，用手、嘴唇甚至牙齿爱抚裸露出来的每一寸的皮肤。我也回应他，用自己从来没有想到过的热情和耐力跟他做爱，一直到耗尽全部力气而心无杂念。

深夜的时候，我们泡在浴缸里喝那瓶薄若莱，我一杯接着一杯地喝，而他只举着酒杯，沉默地看着我。等水冷了酒瓶也空了，他把我抱上床去睡觉，对我说：“你知道的，你什么都可以对我说。”但我只对他笑了笑，就背过身，闭上眼睛，在酒精的作用下沉沉睡去。

梦里，我走在一条悠长的走廊里，脚步声时远时近地回响。走廊的一边是窗，透着阴天灰暗的光线，另一边是门，一扇接着一扇。我推开其中的一扇，里面很黑，像是夜晚，正对房门的墙壁里嵌着一架很大的壁炉，里面的火烧得正旺。林晰站在炉火前面，伸手把我拉过去，撕开我的衣服，推倒在地板上，打开一个酒瓶，把酒倒在我身上。紫红色柔滑的液体在小腹的凹陷处聚成一个小水洼，他伏下身去吮吸。我捧起他的脸，想要亲他，却发现身上的人变成了周君彦。他看着我，扬起一边嘴角，在我耳边说：“好戏开场了。”

我一下惊醒过来，身上裹的床单湿了一片。

我一定是叫出了声音，或是有什么大动作，林晰也醒了，以为我是做了什么噩梦，把我拉过去抱在怀里。我枕着他的胳膊却怎么也睡不着，嘟哝了一句“这样太热了”，翻身躲开他的怀抱。

第二天早上，我的头和胃都痛得要命。林晰把牛奶、三明治和药片拿到床头。从前经过这样的爱之夜之后，他一定会指着我的鼻子说“昨天晚上是谁贪得无厌啊”，而今天他只是说：“你的酒量到底是练出来了。”

九点钟不到，他去上班，我打电话去公司请了一天的病假，一直睡到中午。醒来之后，躺在床上拨了梅森的手机号码。

电话一接通，我开门见山地问她：“你知道亚历山大·霍德森吗？”

“当然知道，所有人都知道他。”她回答，“他很有钱，在曼哈顿绝对是个人物，这个岛上超过半数的当红模特都跟他睡过觉。”

“也包括你？”我嘲笑地问。

“很遗憾，没有，他不喜欢金发，偏爱深色头发的姑娘。”这个三流模特二流应召女郎一流疯子倒一点也不客气，“我记得你从前好像勾引过他呀……”

我赶紧在她开始胡扯别的之前说“拜拜”，挂断了电话。

起床简单梳洗了一下，打电话叫外卖的中国菜做午饭。东西送到的时候发现零钱不够，转头看见林晰的手提旅行袋还放在玄关的桌子上，翻出护照夹来，里面果然有钱，拿出来付了。再放回去的时候，发现包里有一个小小的黑色丝绒盒子，一个戒盒！

我没敢看盒子里面的东西，像被烫到了一样把手抽出来，赶紧把旅行袋的拉链又拉上了。拿着外卖的饭菜到厨房去吃，低头看见昨天晚上喝空的那个酒瓶还横在垃圾桶里，我突然意识到这瓶让我用来浇灭忧愁的酒本来的作用是什么。

几年之后，每当回想那天晚上的情景，都叫我心痛。那个时刻的他那么爱我，同时也像所有沉浸在爱情里的人那样敏锐，他感觉得到我隐藏的东西，我有事情瞒着他，肯定让他非常难过。但在当时，内疚只是一闪而过，更多的是那个戒盒带来的紧张和惶恐。

到那时为止，我还从来没有想到过结婚，也觉得他不是适合结婚的类型。我们住在一起，互相喜欢，保持忠诚，相处得不错，但从来没有过任何明确的承诺。我们没有谈起过以后会怎么样，从来没有像恋爱中的人们那样描绘未来：将来会住在哪里，房子多大，有几个孩子。我们甚至不谈明年的事情，工作安排、度假计划，一切随遇而安，让老天决定。

而且，他一直就极力避免一种情况的出现，那就是我依赖他，依赖到离不开的地步。他督促我念书，教我开车，帮我找工作，教训我存钱，叫我对自己好……所有这一切都指向同一个暗示，他不保证不离开我，但是希望我没有他也能过得好，让他可以甩我甩得心安理得。我已经开始习惯这种态度了，现在他又要干什么？

而更深一层的是，我刚刚做了个决定，梦里做的，周君彦要演的那场大戏，我会帮他演，虽然我根本搞不清情节，也猜不到结局，更加不知道全剧终了散场之后，我还能为我自己和林晰留下些什么。

当天晚上，林晰工作到很晚，回来之后也没有拿出那个盒子来给我。我看着他打开行李，整理衣服杂物，然后把行李袋和箱子放回壁橱里。我不说话，他也一言不发。那个黑色丝绒盒子就好像没有存在过一样，湮没在谁也不知道的角落里。我自嘲地想，有一天我老了，孤身一人，在酒吧喝酒喝到半醉，絮絮叨叨地对坐在我旁边的陌生人讲：“很久很久以前，也曾经有过一个男人想跟我求婚，不过我的醉态吓得他赶紧把戒指扔了。”那会是个蛮有意思的场面，搞笑版的悲剧结尾，我的结局。

星期二，我回到公司上班，坐在办公桌前，拿着亚历山大·霍德森的名片纠结了很久，最后还是没敢打他的手机，上网查了他公司的总机号码，打过去，由话务员转接到他秘书那里。我说想跟她老板约个时间面谈，报了自己的名字，留了手机号码。惴惴不安地等了一天，没有回音。第二天依旧没信儿，一直等到下午快下班的时候，我忍不住又打过去问，秘书说已经告诉老板了，他老人家还没说能不能排进日程里。话讲得非常和气，但同时又暗示我这事儿八成没戏。

我受挫折了，想想也的确是这样，此人一天不知道要见多少女人，排着队见也得排到圣诞节，完全可以考虑装一个银行柜面用的排队系统，而一般人甚至连排队的号码也拿不着。想到这里，我也豁出去了，又拿起电话听筒，拨了他名片上的手机号码。铃声响过几遍，没人接，我松了口气正打算挂断了，电话却又通了，一个男声说："你好？"

我自报家门，霍德森在电话那头笑起来："两天里面接连打了两通电话，我是不是应该觉得受宠若惊啊？"我那天在饭店里说过的话，他又还给我了。

我没接他的话茬，支支吾吾地说想跟他约个时间面谈，特地强调了一下希望可以约在他的办公室。他理也没理我，说："今天晚上九点，到三十九楼的酒吧来，你自己来，记得带个领结，你欠我的。"说完就挂断了电话。

我其实想说上次那个蝴蝶结是我自己的，你就是帮我绑了一下，凭什么我要买个领结给你？但心里倒着实希望可以用一个领结搞定这件事情。

事务所附近有个定制高级男装的铺子，因为目标客户不是我们这种朝九晚五的职员阶层，关门时间很早。我没等下班就溜出去一趟，在那里买了个最普通的黑领结，价钱还是贵得要死。店员帮我装了个黑色亚光的盒子，外面用白色缎带系了个漂亮的结。临走我才想起来自己根本不会打领结，刚好店里没有什么客人，男店员很好心地教我，又让我在他脖子上试了两次，脸上带着点儿笑看着我，好像猜到我要去玩什么关于领结的床上游戏。

回到办公室，我试图继续工作，但明显不在状态，只觉得肾上腺素在起起落落。好不容易熬到七点钟，给林晰发了条消息说：“今天加班，可能要很晚才能到家。”写完这个句子，心里竟然有种离别的感觉。将近九点钟，我在公司的洗手间里补了妆，把衬衣领口的扣子解开两颗，想了想又扣回去了。想对着镜子练一练待会儿要讲的话，但脑子里乱糟糟的，一点头绪也没有，方才发现根本不知道自己定下这个约会究竟为的是什么。磨叽了半小时，我内心深藏的赌性抬头了，决定什么都不管去了再说。酒吧毕竟是公共场合，我还是有退路的。

霍德森的酒店离我上班的地方很近，步行不过十分钟左右的路，那一带许多酒吧餐馆都是我那帮同事习惯出没的地方，一路上我都在暗自祈祷千万别碰上熟人。但世界上的事情好像总是这样，你越怕什么就越来什么，我走进酒店大堂，随便扫了一眼休息室，就看见洛拉坐在离我最近的那张沙发上等人，想躲都来不及。她也看到我了，过来跟我打了个招呼，告诉我，她在给一家杂志社做平面模特，今晚是来见总编的。我赶紧解释说，我也是公事，老板跟同事都在楼上酒吧间了，我已经晚了。

跟她道过别，我搭电梯上到三十九楼。霍德森说的酒吧在那个楼层的西北角，很大，整一面顶天立地的玻璃墙，随便从哪个角度看出去都可以看见曼哈顿灿烂若繁星的夜景。因为不是那种时髦人来疯的地方，四下宁静幽雅，总共只有零零落落十来个顾客，走进去就听见钢琴声，从拉赫马尼诺夫转到爵士。我粗粗看了一下没有找到霍德森的影子，问酒保，他抬手指指窗边的三角钢琴。我看过去，果然就是霍德森坐在琴凳上演奏。巨大的黑色琴身在昏暗柔和的光线里幽幽地反光，他抬起头看见我，露出一个不易察觉的微笑，但手并没停下，继续弹琴。

看到他，我反倒镇定了一点，走过去，挨着他在琴凳上坐下，从包里拿出那个装领结的盒子放在钢琴上。他停下来，拿过那个盒子，打开，托在手上，看着我。我伸手拿出领结，绕在他脖子上，照着刚刚学到的方法系一个结，然后帮他整理衣领。

他抓住我的一只手，在手指上印下一个吻，说："我第一次见到你的时候，你看起来就像是个疯疯癫癫的十几岁的小模特，只可惜身边有人保护。第二次，你又突然变成辛德瑞拉，在午夜之前消失了……"

"真有那么恶俗吗？"我听不下去了，笑着打断他，"不过我真的很吃惊你居然还记得四年前发生的事情。"

“我记性很好的。”他有点得意，“这幢建筑里所有员工的名字我都叫得出来。”

“这个我也可以，他们每个人胸前都别着名牌嘛。”我完全放开了，跟他开起玩笑来。

他被我逗笑了，但很快又正色说道：“我是个追逐声色享乐的人，但享乐之前，我还是个生意人。你知道我不可能把生意跟女人混在一起，所以我们还是直接一点好了，你想要什么？”

我想了想回答：“什么生意啊女人啊？我从来没想过这么复杂的问题。我只是希望你帮我个小忙，算是谢谢我给你买这个领结，要知道这么个小玩意儿可花了我两天的薪水。”

“帮忙？帮你，还是你的那个朋友？”

“说实话，我并不清楚他要做什么，也没指望你会给他钱或是跟他做生意什么的。”

他带着点笑容看着我，等我说下去。

“我只想要你给他三十分钟时间，让他说说他想说的话，然后替我问他一个问题。”

“听上去有点意思。什么问题？”

“让他选择，他的商业计划，或者是我。差不多就是这意思，你肯定知道这话该怎么说的。”

“凭什么我要演这种又坏又变态的反面角色？”

“我不太了解有钱人，不过照电影和肥皂剧里演的，你们应该都挺喜欢玩这种所谓的人性游戏的。”

他又笑了，说道：“所以你只要这个答案而已？你肯定会得到的。不过，我有种预感，此类问题的答案常常是出人意料的。”他扬起一边嘴角笑起来，露出一点点左边的牙齿。我突然明白几年前为什么会在那个数百人的派对上选中他，他身上有一些地方和周君彦有点像。两个人都很高，都习惯于众人的目光集中在他们身上，毫不畏缩，甚至有点无所谓的态度。还有，这个笑容。

如果说事情就像霍德森直觉的，我不会得到期待中的答案，这次约会的结果也同样出乎我的意料。我从来没想过事情竟然会这样顺利：他答应我与周君彦面谈，两天之后，在他的办公室。到时候他会第一时间告诉我那个问题的答案，算是还我送他这个领结的人情。

大约十点半的时候，他陪我搭电梯下到底层。走出电梯，他好像突然想起来什么，问我：“他拥有你吗？如果他答应拿你来交换，我能得到什么？”脸上带着点戏谑的笑。

我也笑了一下，伸手摸了摸他衬衣领子下的领结，回答：“如果他同意，那我绝不会是他的，他没法拿我来交换。如果他反对，我也不会是你的。所以你恐怕什么也得不到。放轻松，这就是个几百块的小买卖，一个领结换一个问题。”

他笑着耸耸肩，跟我说了再见，反身回到电梯里。我转身朝外面走，一回头就看见洛拉在不远的地方看着我，一副难以置信的样子，脸色有点难看。我心虚了，但还是装出一副什么事儿都没有的样子走过去，大大方方地跟她打招呼，说要是她也回家，可以跟我合乘一辆出租车。

她没理会我的提议，反而问我："他没派辆加长轿车送你回家？"

我被问得有点郁闷，解释："他是……就是个工作上认识的人。"

"是啊，你们看起来蛮像是在工作的。"

"根本什么事情都没有，你不要乱想。"我有点火了。

她却还不罢休，继续说："所有人都喜欢有钱人。我可以理解，这种事情每天都在我身边发生。但是你，我搞不懂你了，姑娘。你已经有林了。他不仅仅是爱你，还把你当成宝贝。你在其他男人那里不可能得到他那种爱。是他让你变成现在的样子，美丽、坚强、独一无二，哪怕你实际上根本不是这个样子的……"

我不想再听她说下去，转身朝电梯走过去。

"你去哪儿？"她在我身后问。

我没回头，冷冷地回答："去没人评头论足的地方。"

我早知道她很喜欢林晰，如果不是我，他们很可能会在一起，所以这死丫头表面跟我挺好，心里总是有些芥蒂，喜欢说我这个那个的。我看不惯她也很久了，终于忍不住了，不跟她废话，就是要气死她。

我上了电梯，也没想干什么，乘到三十楼，又下来。洛拉已经不在了。我冷静下来，觉得她肯定会跟林晰去说些有的没的。有点后悔刚才太冲动了，但心里总是确信，无论怎样，她说的那种其他人不可能给予的爱永远都是属于我的。

六

无条件的爱

或许是注定了的，我一直要透过别的女人的目光才能看到林晰，
感受别人对他的珍视才知道去珍视他吧。

回到家里，已经十一点多了，林晰还没有回来。我有点意外，心里怕怕的，那感觉就跟功课不好的学生在家等待爸妈开家长会回来差不多。我换了衣服坐在浴室的马桶盖上发了一会儿呆，缓过神来之后赶紧洗头洗澡，想让林晰回来的时候看见我已经乖乖地躺在床上睡觉了。才刚洗完，就听见外面开门的声音，林晰回来了。我喊了一声："大笨蛋，你回来啦。"他没答应，只听到放包挂衣服的声音，然后脚步声朝这里过来了。

他走到浴室门口，靠在门边上看着我。我光着身子站在浴室氤氲的水汽里面，没急着穿衣服，也没拿吹风机吹干头发，抬起胳膊在脑后挽了个松松的髻，心里知道那是他喜欢的场景。我走近他，满以为会得到一个吻或是一句恭维话，结果他只拍了拍我的屁股说："快穿衣服，要着凉了。"转身走了。

我泄了气，胡乱套了件吊带衫运动裤出来。他正在厨房里喝水，看到我出来了，放下杯子，什么都没说就去洗澡了。我跟过去，站在浴室门口，等到里面传出淋浴喷头的水声，就赶紧去找他的手机。其实也不用找，就摆在客厅的茶几上面。我拿起来翻出通话记录，上一条果然是洛拉的，打了十分钟。我放下手机，惴惴不安地回到卧室，盘腿坐在床边上，看着浴室门，等他洗完澡出来。过了一会儿，他出来了，穿了一身竖条纹的睡衣裤。

我低下头等他开口，但过了很久他还是没跟我讲话，只顾走进走出做他自己的事情。我忍不住了，问他："洛拉是不是跟你说什么了？"

他回头看看我，不回答。

"她乱说的，我什么也没干。"我坐过去一点，伸手拉拉他的衣角，"你怎么了，说话呀！"

"她什么也没说，我没让她说，如果有什么事发生，我不想从别人那里听到。"他看着我回答。

我放心了一点，但还是在他的语气里捉到一点追问的味道，像是在说：到底发生了什么？我想听你亲口告诉我。

"什么事都没有，她误会了，你相信我。"我被他看得有点窘，转身站起来准备钻进被子里睡觉。

"没事最好。"他的神情变得有点严肃，没有上床，反而走出了卧室。

我急了，许多说不清楚的情绪纠结在一起涌上来，跳下床，跑出去拉住他的袖子，说："林晰，我讨厌死这种感觉了，你要什么时候才停止做我的家长？而且还是收养的那种，你都是对的，我全错；乖就喜欢喜欢我，不乖就骂一顿，再不改好就拍拍屁股走人。你说要离开我也不是一次两次了。我告诉你，你不用走，我会走的。”

我一股脑儿地全说出来，不知道算是恶人先告状呢，还是别的什么，这些话我之前想也没想过，那个时候一下子脱口而出，好像委屈了很久了。至于说“走”，一多半还是在赌气作秀，我只拿了个钱包，别的东西一样没拿，也没穿外套，就冲出去了。他在门口拦住我不让我开门，我转身就跑到厨房去开消防通道的门，他追过来拉住我，被我推了一把，不知道哪里撞在门框上发出砰的一声。我不管他，头也不回地朝楼下跑，在四楼和三楼之间转弯的地方，他追上我，抓住我的手肘把我拉进他的怀抱里，紧紧抱着我不让我挣脱。

就那样抱了一会儿，他低下头把脸埋在我的颈窝里，轻轻地问：“你就是这么看我的吗？”

我喉咙里好像哽着什么东西，说不出话来，也不点头。我知道这么说对他一点也不公平，但是就在刚刚那一瞬间，我突然发现了我们之间的关系有那么一点不对劲，那个一点点早就存在，只是我们一直装作看不见。

他松开我，捧着我的脸，看着我的眼睛问：“你要我怎么样？怎么样你才能不讨厌我？”

话说得很可爱，不知道为什么我却只觉得委屈，憋了半天才回答：“我要你爱我。”说话的样子就像是个委屈的小孩子。

他笑起来，说："我一直爱你呀，从第一次看见你站在喜来登那个游泳池边上的时候就爱你了。"

"我不要知道是从什么时候开始的，我不要它结束。我要你永远爱我，不管我是好人还是坏蛋。"

"这好像不大公平。"他说，在楼梯最高一级台阶上坐下来，拉拉我的手，让我坐在他身边。

"就是要不公平，又不是考试，做错了一道题就拿不到一百分。"

"你做错题了？"

"你已经批了大叉了。"

"你在说什么啊？"他伸手摸摸我的头，好像根本不懂我的意思。

我再也忍不住了，眼泪成串地落下来，可怜巴巴地说："我看到你包里那个盒子了，后来就没了，你不打算给我了是不是？"

他看着我，眼睛里带着点笑意，慢慢地从睡衣口袋里拿出一样东西，一个白金指环，上面镶着一粒小小的钻石。

"你是说这个？"

我一下子高兴起来，但是嘴里却说："怎么那么小啊？"说实话真的有一点失望，钻石不到一克拉，戒托是简单老式的六圆爪皇冠。

他没有不高兴，反而很得意地说："无瑕级，净水色，我到安特卫普才找到的。除了小一点，这是一颗没有瑕疵的钻石，没有杂质，没有裂痕，没有不该有的颜色，火彩完全是蓝色的……"

"前几天你把它藏哪儿去了？"我打断他问。

"第二十街的珠宝店里。手寸大了，拿去改。"

"你怎么知道大了？"

"那天晚上趁你睡着我试过了。本来以为你的中指应该跟我的无名指差不多粗细，结果还是大了一点。"

"才没有你的手指那么粗呢。"

"我的手很细很漂亮的好吧。"他伸直手指给我看。

映着楼道里昏暗柔和的灯光，他的手真的很美。我把他的手反过来，把左手放在他的手心上，问他："你究竟要不要给我戴？"

他抿着嘴，一副很郑重的样子点了点头，把戒指套在我左手的中指上，吻了一下那只手，又在我嘴上亲了一下，说："我原本打算的要比现在浪漫多了。"

的确，我们俩都穿着睡衣，坐在消防通道的楼梯上，头发湿漉漉的，我冷得发抖，他颧骨上还撞青了一块，怎么看都不像是求婚的样子。但是，不管怎么说，至少戒指是无瑕的。

三楼的住客出来倒垃圾，没想到有人会三更半夜坐在这里，被我们吓了一跳。林晰跟他打了招呼，说我们刚刚订婚，一本正经地下去同他握手。那个人心不甘情不愿地表示了祝贺，然后就像见了鬼似的逃回屋里去了。我们回到五楼，他抱我进屋，一直抱到卧室里，放在床上。他又一次向我投降了，我继续藏着我的秘密，继续要他的爱，还不允许他给自己留任何退路。我不知道那究竟算是对还是错，不过既然那么多人都曾经说过：爱，是无条件的。

就这样，我们订婚了。林晰没有问我愿不愿意嫁给他，我们也没有谈起什么时候结婚。后来我听别人说起，在法国有这样一种法定的状态，也有证书可以领，高于同居，又不到结婚的地步，我想我们当时的状态差不多就是那个样子。

第二天早上一到公司，我就发了一封电邮给周君彦，告诉他，霍德森同意后天下午和他见面。很快回信就来了，没有说谢谢，还是只有一句话：在我跟他见面之前，不要答应任何事情。我心里琢磨着这句话的弦外之音，他是知道的，我这样一个女孩子，二十三岁的小职员，曼哈顿几百万无名小卒中不起眼的一个，我能拿来跟有钱人做交易的东西不言而喻。我搞不懂他究竟怎么想的，是根本不希望我纠缠进去，还是打算亲自来要个更好的价钱？只能希望后天霍德森会给我答案了。

晚上，林晰约了十几个朋友在苏霍区的一家餐馆里吃饭，宣布了我们订婚的消息。我坐在他身边，脸上挂着微笑，握着他的手，一副很乖的样子。洛拉也来了，看见她，我禁不住有点得意，觉得自己到底还是赢了，得意完了，又不得不承认赢得像个坏人。

吃过饭，一帮人又去附近的酒吧喝酒聊天。每个人都举起酒杯祝我们幸福，洛拉也在其中，有点意味深长地说："珍惜经得起时间考验的爱情。"我在心里反问，你还真当爱情是场考试？就算是的话，关键也不在你课上得认不认真，书背得好不好，因为可以进考场的自始至终只有我一个人而已。

散伙的时候已经十二点多了，我和林晰手拉着手走回去。一路上那些时髦的夜店里依旧人声鼎沸，不断有打扮得或美丽或怪异的男女从各处赶来，转眼湮没在人群里。转到我们住的那条街，因为全是住宅，入夜了比较安静，路上已经少有行人，路两旁的房子里零零落落有几扇窗还亮着灯。走到门口，林晰拉住我，说想在门口台阶上坐一会儿。台阶上很凉，他让我坐在他身上，伸出一只手梳理我的头发，对我说："我一直在想你昨天晚上说的话。"

"我随便说的，你别当真。"我不愿意再想那些话了。

"不是，我想过了，有些事情我想让你知道。"

"什么事？"

"关于我过去和朱子悦的事。"

我看着他，不确定他会说什么，也不知道自己该怎么回答。

他看见我的脸色，笑起来，说：“你别瞎想，我跟她完全结束了。我只是想让你知道所有关于我的事情。”他继续讲下去，“我跟她怎么搞到一起的我已经说过个大概了。还有什么你想知道的，不管是什么，都可以问我。”

一瞬间我有些犹豫，心里很想知道他过去的经历，但却又害怕自己也要投桃报李地把本不愿意说的事情说出来，想来想去只问了个一般性的问题：“那个时候，你们住在一起吗？”

他点点头，回答：“开始是在酒店里，我提出要付一半的费用，她也没意见。那时候我到巴黎已经有一段时间，很高兴自己能付得起房租。两个月之后我才知道那就是个零头，我付的钱只够在那家酒店吃一个礼拜的早饭而已。后来她在第八区买了幢房子，我们就搬去那里住。那个时候，她的两个孩子，一个在南部的寄宿学校读书，另一个在读大学，只有假期的时候来和我们一起住，冬天在巴黎，夏天就去海边过暑假。大的那个总是很深沉地只跟我说声‘Bonjour’（你好），小的会把我的东西打碎藏起来或者扔掉……”

“听上去真的很小白脸。”

“是吧。”他自嘲地笑笑，“她照顾我，教我东西，给我买礼物笼络我，跟笼络她的孩子差不多，这种关系可以葬送所有感情。”

“那是因为你是男的，朱子悦是女的。”

他摇头："男的女的都一样。理想的状态是，即使抛开爱情，两个人也是平等的。"

"是不是这样，一个人可以毫不内疚地抛弃另一个？"我听出来他在暗指什么，有点生气。

"也可以反过来说，没有任何爱情之外的理由让他们在一起。"他笑了一下，又接着说下去，"当然这只是理想状态，至少我自己就很难做得到，有些事该做的不该做的，我都做了，好把你留在身边。有时候，我真希望和你一样年纪，从小就认识，十几岁的时候在嘉年华会上打气枪得个满分，给你赢一个绒毛长颈鹿，你就爱上我了……不管怎么说，我们开头开得不算好，我想以后能好好的。"

我很久都没有反应，他问我："在想什么？"

我朝他笑了笑，很甜很讨好的样子，回答："想以后。"

他也笑了，亲了我一下，拍拍我的屁股让我站起来，牵着我的手带我回家。

我没说实话。

我根本没在想我们的以后。那个晚上，我一直在想着两件事情，反反复复地想。

一个就是他说的那句话，"没有任何爱情之外的理由让他们在一起"。我终于有点明白了，他要我独立，为的不是有一天可以轻轻松松地离开我，而是让我可以轻轻松松地离开他，如果我爱他爱得不够纯粹，他宁愿不要我。我搞不懂他为什么要把本来很简单的事情搞复杂，如果他真的要我，为什么不能什么都不管，永远和我在一起。我很想对他说说我理想中的爱情，这么多年来做梦都想要的那种爱和关怀：没有原则，无微不至，让人窒息。可能真的经历起来没有那么美好，但是我从来没有过，所以就是想要。

另一个，是他说的在嘉年华会上打气枪的男孩子。在我的想象里面，那个十几岁的少年是记忆里另一个人的样子。整个晚上，我都甩不掉那个念头。我知道，这么多年过去，对他的那种简单的说不清楚如何开始的感觉还是没有过去。和身边的这个男人比起来，他为我做过的事情可能真的就像打气枪赢只绒毛长颈鹿那么微不足道吧，而我却愿意为他献出所有。

凌晨时分，似水般冰凉的风吹开窗帘，秋天真的来了，几个月的艳阳和炙热之后，第一次，你会在夜深的时候觉得冷。我翻了个身，钻进林晰的怀抱里，他没有醒，却还是伸出一条胳膊环住我的身体，我不知道他带来的那种温柔而安全的感觉算是什么，算不算是纯粹的爱情，够不够把我们长久地绑在一起。

两天之后是个星期五，周君彦和霍德森的面谈约在下午四点钟。照常识来看，那个钟点明显是个垃圾时间，已经是最后一个工作日，又快下班了，人人都想早点抛开工作去度周末，谈什么都不会认真的。所以，除了给出那个答案，我并不相信周君彦真的可以在这半小时里面做出什么大不了的事情。

下午五点零五分，霍德森的电话来了，没有问好，没有任何开场白，开门见山地说："答案是'不'。他不会为任何东西牺牲你。"

我听着，很久都不知道自己该做什么反应。

见我半晌没有开口，他继续讲下去："而且，鉴于我们现在从某种程度上说算是生意伙伴了，他已经让我向他保证，以后也不会对你有不恰当的企图。"

我想象得出来他说这话的时候一定又是扬起一边嘴角，露出半个带着点嘲讽意味的笑容。

他停了片刻，又说："我有种感觉，你在重新考虑你们俩之间的关系。"

我没理他，想到他前面那句话，生意伙伴？他跟周君彦？赶紧问他："你说'生意伙伴'是什么意思？"

他轻描淡写地回答："周先生给了我一个没办法拒绝的要约。"

这么说周君彦真的干成了？！我对霍德森说了声谢谢，刚要挂电话，他突然又问我："你知道SOX吗？"

我被问得有点摸不着头脑，SOX是美国在安然事件之后通过的一个法案，关于上市公司信息公开什么的。我回答："知道一点儿。”

霍德森笑了笑说：“看来我们都低估这个年轻人了。他来见我之前真的是做过点功课的。而且，他的性格也一定可以让他克服所有困难的事情。”

至于是什么困难什么事情，他没打算深谈，我也不想多问。我们互祝周末愉快，然后挂断了电话。

半个小时后，我收到周君彦的电邮，告诉我事情办成了，周末回安娜堡，走之前想跟我见一面。

我回信祝贺他，说见面就算了，计划好了出城去过周末，下了班就出发了。

直到快下班的时候，都没有收到回信，我以为他一定就这么算了，两个人至此一东一西，不太可能再有见面的机会了。正这么想着，前台打电话进来说有一份快递寄给我的。我出去签收，拿到手的是一个十寸大小的牛皮纸信封，打开来又是一个小一点的白信封，里面装着一张银行卡，卡上贴着张报事贴，上面用中文字写道：密码四位数，你的生日。

这算什么？！证明他还记得我的生日？我跑回座位上，发邮件给他，问他什么意思。一会儿工夫，他回过来：十分钟后，门厅见。

于是，我给自己找借口：卡还是得给他的。

我到底楼的时候，他跟上次一样已经在门厅等我了，不同的是，身上没有穿什么名牌西装，而是一件灰色的印着密歇根大学校徽的连帽运动衫和藏青的牛仔裤，一只背包扔在脚边的地上。我走过去，什么也没说，伸手把卡递到他面前。

“算我放在你那里的。”他推回来。

“你不拿回去，我就当着你的面剪掉，你以后也不要来问我拿。”我说得很坚决。

他低着头笑笑，还是不拿。已经是下班时间，电梯里陆续有人出来，有几个有点面熟的同事从我们身边走过，看看我，又看看他。我只好拉着他走出去，说：“到外面去说。”

走出办公楼，反倒变成他拉着我的手了，对我说：“陪我走走吧。”

我甩开他的手，但还是跟着他在浅浅的夜色中沿着街慢慢地走。

他一边走一边解释：“这次来带了一点钱，用掉一部分，事情办成了，剩下的是你该得的。”

“这钱你做得了主吗？”我嘲讽地说。

他没回答，哧地笑了一下，问我：“真的不要？”

“不要。”我拒绝。

他没再坚持，停下脚步，四下看了看，什么都没说，拉起我的手穿过马路，径直走进街对面一栋大楼底层的保时捷展示厅。店堂里灯火通明，大大小小四五部簇新的车子在亮白色灯光下闪着幽幽的冷光，一个黑衣黑裙的销售小姐反应很快地走过来，说了声“晚上好”就在一旁跟着，也不问要什么，明显是怕我们弄坏东西。

周君彦拉着我在店堂里转了一圈，然后指着一辆银灰色敞篷跑车问她：“这车不错，多少钱？”

销售小姐吸了口气，看看他，有点调情似的笑着说：“恐怕你买不起。”

“说说看。”

小姐报出数字，然后特别指明：“是美元，这辆车是今年的特别款。”

周君彦从我手里拿过那张卡，交给她，说：“这里应该够了。我想现在就试车。”

整个过程他都极其平静，倒是销售小姐的脸在几秒钟之内接连闪过调笑、惊讶、怀疑的表情。我站在旁边彻底无语了，任由他证明给我看，这钱他做得了主。不管怎么说，钱本身是样可爱的东西。验明卡内的确有足够的钱一次付清全部货款之后，销售小姐一时间态度大变，恭敬殷勤地请我们到里面坐，香槟奉上，就差没有直说小的刚才真是瞎了眼了。店经理也过来打了招呼，收据和其他买车的文件一一拿来给周君彦签字，然后就是等店员到仓库提车。

不过半小时，一笔巨款灰飞烟灭，变成一辆敞篷跑车停在门口。周君彦从店员手里接过钥匙，对我说："陪我转一圈好吗？"天已经完全黑了，路灯亮起来，周围商店橱窗和高楼大厦的玻璃幕墙里亮起华丽炫目的灯光，乍看之下好像幽暗山洞里璀璨的石英。他的声音没有了刚才的自信和镇定，透着点伤感，像是在恳求我。我点点头，跟他上了车。

正是晚高峰，街上很堵，车子走走停停，一路上两个人都没有讲话。一直开到渡船码头，已经快八点了。他看看表，问我："你还要出城，时间来得及吗？"

"骗你的。"我回答。

他笑了笑，好像老早猜到了。

我们下了车，靠在黑色铸铁栏杆边上看着对岸的灯火。吹过水面的冷风弄乱了我的头发，他伸手摸摸我的头，说："你留长头发更好看了。"

我把头发拢到一边，开玩笑道："我就知道你以前说喜欢短头发是哄我的。"

"不是。"他摇头笑起来，停了一下又轻声说道，"不管你什么样子我都喜欢。"

这种话说起来很容易，但恐怕没有人不喜欢听，尤其是我。我低下头，躲开他的手，憋了好一会儿才又开口问他："你爸爸怎么样了？"

"判了十五年，开庭的时候头发全白了。我去年过年的时候回去看过他一次，掉了好几颗牙齿，胃病很严重。很公平的，做过什么，就有什么样的结果。谁都逃不掉。”他说得几乎不带什么感情，沉默了很久，才转过头看看我，拉起我左手，手指抚弄着我手上的戒指，很轻地说了一句，“我也一样。”

“你看到啦……”我回答，忍不住微笑了一下，不知道为什么这枚镶着小小钻石的戒指突然让我觉得轻松和温暖。我很想跟他说，不管你做过什么，现在回头还来得及的。但是这话恐怕没什么说服力，因为在那个时刻，我知道自己已经不会再陪在他身边了。

“那人真幸运。”他轻轻地感叹。

这就是他那一年在曼哈顿对我说的最后一句话。入夜之后，城市的灯火把夜空映衬成奇异的蓝紫色，他开车把我送回公司，我们没有说再见，因为不知道会不会有再见的机会。而我却开始想一些没有意义的事情：奇怪的命运让生活满是岔路，踏上一条看似通往A城的路，结果却到了B地。只能在B处遥望A，托旅行中的人带去一点未冷的思念了。

夏天再次来临的时候，韩总买到的那家“粉壳公司”在短短几个月时间里，大造声势，神奇地从场外交易升入纳斯达克，成了真正的上市公司。霍德森酒店集团的投资，外加公关公司化腐朽为神奇的功夫可谓是功不可没的。正式挂牌交易当天，韩总在交易所敲大锣的照片登在纽约时报财经版上，旁边配文介绍公司情况、高管背景，吹得神乎其神前途大好，股票不出意料地开盘大涨。我没有在公司高管当中发现周君彦的名字，看起来这个乘龙快婿当得也没有想象中那么容易。

差不多同一时间，我花了六个月通过了考试，拿到注册会计师资格，加了薪水，升了一小级，算是正式踏入了这个无聊的市侩行当。回想起十几岁的时候，总以为自己将来会干一些特别的事情，不由得觉得现实的讽刺。

日子过到那一年的十月，又是秋天了。回想小时候，可能是记性不好的关系，日子过去了总是马上就忘记看到过的景色和发生过的事情，每一天、每个季节对我来说都是新的。每当换季的时候，总是觉得那是从来没看见过的最美的季节——早春树上的一点新芽，夏末的季风，仲秋的落叶，冬天草地上的霜冻，都能叫我欣喜惊奇。不过，那一年，一切都不同了，春天夏天秋天全都普普通通，悄没声地在上班下班加班出差当中溜过去了。

到那个时候为止，我跟林晰订婚算起来也有一年了。我们还是住在一起，却从来没有谈起过结婚的事情。这一年里面，林晰几乎变成了“空中飞人”，护照上盖满出境入境的图章，箱子上前一个航班的行李牌还没来得及拆，新的就已经粘上了。我也出差，目的地仍旧是那些乏味的中西部工业城市。很多时候，一个月下来，我们在一起的日子加在一起还不到一个礼拜。

十二月，我去伦敦参加了一个为期一周的培训，林晰那段时间正在意大利工作。圣诞节假期之前，培训结束了，我们约好在米兰会合一起过新年，从圣诞到元旦的一整个礼拜都是在那里度过的。

那一周都是阴雨天，古旧的街道阴冷潮湿，街边总是积着一点点来不及融化的薄雪。不过不要紧，金色的彩球，深红色缎带，苍绿的松枝，橙黄色的灯光，五颜六色的礼物盒子，总可以驱走所有抑郁，温暖这个季节的。到达米兰的头两天，林晰手头还有一点工作没有做完，只有我一个人自己玩儿。我要么就出去闲逛，提前花掉还没到手的年底奖金，要么就待在房间里看电视。酒店的电视频道当中有一个从早到晚都在教跳舞，一个个子不高，神似艾尔·帕西诺的男人带着一群漂亮的年轻男女跳探戈，说的话我一句也听不懂，但却觉得非常好听，带着舞蹈的节奏和音韵，不知道为什么我特别爱看这个台。

每天早上，林晰离开的时候总会嘱咐一声：“你不会说意大利语，不要走太远。”

“谁说我不会讲，Gucci，Versace，Fratelli Rossetti，Tanino Crisci……”我学着本地人的发音把蒙特纳波里路上的精品店名字念了个遍。

他笑死了，在我额头上吻一下，说：“你乖一点，等我回来给你买双舞鞋。”

他没有食言，傍晚的时候带我去Fratelli Rossetti买了一双银色的舞鞋，晚上又去酒店里设有舞池的餐厅吃饭。

“你会跳舞吗？”我问他。

他摇头，说：“别担心，Questa è l’Italia（这里是意大利），会有人请你跳舞的。”

那天晚上，我穿着一件铁灰色带点儿紫的缎子连衣裙，戴着一串珍珠，打扮得很漂亮。被他说中了，喝餐前酒的时候就有人来请我跳舞。一个挺帅的当地人，穿着一身簇新的黑色无尾常礼服。

我慌了，磕磕巴巴地用英文对他说：“我不会跳舞。”

那人用更磕巴的英文回答：“没关系，来吧，来吧。”

林晰也不帮忙，在旁边笑笑地看着。我不想显得太扭捏，豁出去了跟那人下了舞池。结果出乎意料，那人是跳舞的一把好手，带得相当好，我总算没有出丑。熟悉了舞步之后，我得意地朝林晰那里看过去，却发现他并没有看着我，一个年轻女人坐在我先前坐的位子上，正在跟他讲话。卷发遮住她的脸颊，我看不清她的面孔，却开始有点心不在焉了。一曲完毕，舞伴说了些跳得不错之类的客套话，我勉强回了半个微笑，就径直走回去。我走近的时候，他们似乎已经谈完了，或者是被我打断了，两个人都站起来。那个女人回过头来跟我打招呼，一张明显带点儿混血味道的面孔，笑得有些懒懒散散的。林晰向她介绍了我，然后对我说：“这是Benedict，朱子悦的女儿。”

“叫我贝内就好。”女人也对我笑。

她长得不好看，穿得很随便，神态举止远没有到她妈妈那种不沾烟火味的境界，但却自有一种味道，让人第一眼看到就觉得她一定活得很带劲儿，拯救地球，保护雨林，帮助非洲饥民，天知道是什么的，反正跟我这种上上班买买衣服的女孩子完全不一样。

照欧洲大陆的规矩，她凑上来跟我贴了贴脸，接着又问我，到米兰几天了，都去哪里玩了，最喜欢哪里。我想了想，总不能说是蒙特纳波里路上的阿玛尼和普拉达吧，就含含糊糊地回答，才来了不到两天，还没去过多少地方。她说自己来过好几次，对这里很熟，很热心地向我推荐值得一去的地方，一连说了几个名字，我听都没听过的，也根本搞不清楚是古迹、博物馆，还是酒吧画廊，又死要面子不愿意问，稀里糊涂地坐在那里点头。我心里想，林晰看在眼里肯定觉得我傻透了，趁喝水的时候躲在杯子后面暗笑吧。偷偷看了他一眼，却发现他手里玩着一支茶匙，好像在想心事。

总算，见多识广的贝内没有久留，很快就告辞走了。林晰也签了账单，带我回房间，一路上都没什么话讲。我看看他，他脸上没有笑容，也没有其他特别的表情，看起来却跟平常的样子不太一样。我问他：“怎么这么巧在这里碰到她啊？”

他回答："不是巧，我告诉她我在米兰，她来找我的。有些事情要谈。"很坦白，但也只有这些而已。他也有不想让我知道的事情了。

回想起来，这是一个里程碑似的时刻，我的心中倏然涌上了些什么，一种陌生的情感：我开始意识到自己受不了他的目光不在我身上，哪怕就是那么一瞬间。或许是注定了的，我一直要透过别的女人的目光才能看到林晰，感受别人对他的珍视才知道去珍视他吧。

新年第五天，我们回到纽约，生活继续忙忙碌碌。一年多以来，我第一次觉得手指上的戒指和那份不确定时间的承诺在不知不觉间退去了一点温度。我这个不太坚定的不婚主义者偶尔也开始想到婚姻。多数时候是因为在《城市和乡村》杂志上看到一间装修精美的大公寓或者独栋别墅；要不就是在经过书报亭的时候瞥见《时尚新娘》的海报，上面是真人大小的吉赛尔·邦辰穿着奶白色薇拉王婚纱的大照片；还有就是做项目遇到极品刻薄的上司，被要求手机、电脑和人二十四小时待命……总之，全都是林晰所说的爱情之外的东西。我从来没对他提过，因为料到，或者害怕他会不以为意。

春天刚刚在窗外装点起一些新绿的时候，我收到一张中国寄来的卡片，粉红色的卡纸上写着"是个女孩儿！"，里面夹着一张婴儿的照片。看清楚发件人之后，我忍不住大笑，笑得一直蹲到地上。林晰跑过来看我中了什么邪，我又笑了一会儿，才把照片递给他，说：“你看，这是我妹妹。”

他们原来是不打算生孩子的。因为我爸毕竟是奔五十的人了，刚刚摆脱我这个麻烦，只想过恩恩爱爱的好日子，不会愿意再从喂奶洗尿布开始一个新的轮回。但是，看起来他的小妻子终于还是赢了，如愿以偿地在正式踏入高龄产妇范围之前生了个孩子。我对这件事的态度多少有点讽刺，林晰却不同，他很认真地说：“回去看看他们吧。”

“不去。”我斩钉截铁地回答。

“去吧去吧。”他抱着我求我，“我总该见见你爸，再说你也没见过我父母啊。”

我转过头看着他，看了很久，然后点了点头。

四月的一个星期天，我们到达上海，去看望那个出生在二月最后一天的双鱼座女孩子。原本打算住喜来登，我还颇有深意地对林晰说：“我游泳给你看啊。”到了之后却发觉因为游行的关系，那家喜来登酒店所在的区域实行不定期的禁行。而且，那一年，爸爸教书的大学已经在远郊建了新校舍，他也在学校附近买了房子过起乡绅似的生活。倘若在市区投宿实在离得太远，于是，我们就在他家附近的一家酒店订了一个房间。登记入住之后，我看到房卡的封套上印着“英华锦新集团”的标记，才意识到此地也是韩晓耕她爸的产业。

爸爸的新房子是一个一楼二楼的越层，门口有个挺大的院子，一条鹅卵石路穿过棕色细腻的花泥地，地里种着竹子、葡萄和好几种颜色的月季花。那个新生的小女孩就住在二楼正对院子的房间里，天气已经暖和了，从那里推窗望出来就能看到白色糖霜、红色丝绒般的花瓣在渐渐绽放。

我跟爸爸已经有许多年没见，想要亲近，一时间似乎也亲不起来，反倒是爸爸的老婆表现得很殷勤的样子，里外招呼着。她有点得意地把孩子从婴儿床里抱出来给我们看，还让我也抱抱。我站在原地，没接，也不说话，林晰很识趣地伸手接过去，把那个小小的、裹在柔软的奶白色毯子里的小孩揽在臂弯里，轻轻地摇着。看到他一副捡到宝贝的样子，我忍不住走过去，趴在他肩膀上，看那孩子的脸。刚满月的婴儿长得好像都差不多，皮肤还是红红的，五官也看不出像谁。爸爸却一口咬定说她跟我小时候一模一样。林晰也在旁边附和，说眼睛和脸架子都很像。我心里那个骂呀，像你个头，我明明长得像我妈。

才一会儿工夫小孩子哭着闹着要睡觉了，由她妈妈抱着进了屋，留下我们三个人坐在客厅的沙发上聊天。几年不见，这里好像还是发生了不少事情的：老房子很早就卖掉了，爸爸也已经戒了烟，我们在机场免税店买的香烟他说打算转手送给他的新舅爷。去年为了接送怀孕的老婆，他还新买了一辆深蓝色的两厢汽车，说是“以后带小孩去玩也方便”。看起来，这个小女孩一定会过得挺幸福的。比我幸福。

我意外地发现自己并没有恶狠狠地嫉妒人家，也没有像从前一样在心里嘲笑这对老夫少妻马上要靠蓝色小药丸维持性生活了。很长时间，只有一个画面深深印在我心里，反复反复地出现——林晰抱着一个小小的襁褓，脸上带着最温柔的一点笑容。

离开那里之前，林晰和我爸在楼上阳台说了半天的话，然后才告辞带我去市区看他的爸妈。

坐上出租车，我问他：“你们刚才说我什么坏话了？”

“没有，都是好话。”他敷衍我，然后正色道，“其实你爸还是很关心你的。你妈也一样。”

我鼻子里“哼”了一声，说：“就是方式有点问题。”转过头去看着车窗外面，有点绝望地想到，在这个世界上或许永远都不会有人用我想要的方式来爱我的。

林晰的爸妈和他姐姐住在一起，已经退休了，两个都是温和而热情的人。他给他爸买了一台数码单反相机，老头儿正在学摄影，很兴奋地拉着儿子教他怎么用那些复杂的新功能。撇下我一个人坐在沙发上，对着他的妈妈姐姐姐夫和外甥，窘得像个白痴，不时地笑笑，回答众人的问题，傻愣愣地好一会儿，才想起来把来之前买的包包化妆品之类的礼物拿出来分给大家。

吃晚饭之前，那个经典问题就不出意料地摆上了台面——林晰的妈妈拉着我的手问什么时候结婚啊？我哼哼哈哈地回答：“快了吧……”老太太转头就翻出两件据说是祖传的金首饰塞给我，红色缎盒底上居然还贴着编号，一个是四号，一个二十三号。

我偷偷地跟林晰说笑：“没看出来，你们家还蛮有点家底的嘛。”

他也回给我：“后悔没早嫁过来了吧。”

一切似乎顺理成章，每个人都喜气洋洋，虽然没有明说，但我们结婚的事情也好像很近了。

七

/

与褪色的回忆说再见

/

我存心挑衅，想让他发火，骂我几句，甚至气急了打我，

于是我就可以哭，求他留下，不要离开我。

一连几天日子都过得热热闹闹的，多年不见的亲戚朋友同学挨着个儿地见过来，直到快回美国了，我们才有机会单独两个人吃顿饭。那天晚上，我们住的那家酒店中餐厅有人包场，不接散客。两个人在韩国烧烤、日本料理和西餐当中犹豫了一番，最后还是去了西餐厅。因为是在市郊，又不是国际品牌的酒店，西餐厅的生意很淡，算上我们俩也只有两桌人在吃饭。气氛却很好，每桌都点着一支金色细长的蜡烛，光线柔和幽暗。

吃饭的时候，聊起下午的事情。我们又去我爸那儿看过那个小孩儿了，买了不少衣服和玩具给她。林晰似乎很喜欢这个尚且傻呆呆的婴儿，前前后后去看了好几次，平常也时不时地说起她。

“你想要个小孩吗？”我突然问他，“如果想，我今晚开始就不吃药了。”

他正低着头切一块肉，刀叉停下来，没有答话。

“不想就算了。”我觉得自己又犯傻了，自找麻烦，人家还不领情，“我就是觉得你挺喜欢小孩的，而且你也一把年纪了……”我讪讪地解释。

他把刀叉放下，抬头看着我说：“我饱了，你快点儿，吃完了赶紧回房间办事儿。”然后露出一个坏笑。我狠狠地瞪了他一眼，踢了他一脚，心里倒是挺高兴的。

也就是在这时候，门口进来十几个人，在餐厅另一头的一个长餐桌边上坐下，“张总”“王总”地叫着，互相递烟，大声地说话。服务员过来跟我们解释说：“中餐厅坐不下，借这里的位子坐一下，打扰两位用餐了，不好意思哈。”林晰回答说不要紧，我随便朝那里望了一眼，却看到一个熟悉的身影，是周君彦。

我像被烫了一下，赶紧收回目光，但他也已经看到我了，很远就对我笑起来，大大方方地走过来，说：“嗨，没想到在这里看到你。”

他笑得既老练又有感染力，让我也可以做出无所谓的样子回他一个微笑，然后替他和林晰互相介绍，说得很简单：“这是我的高中同学。”他们两个人握了手，再正常不过的举动，在我看来却古怪得不像是真的。

周君彦告诉我，今天是陪集团内部一个房地产公司的人吃饭，又从西服口袋里拿出一张名片来给林晰。林晰接过来，说自己没有名片。几句寒暄之后，周君彦告辞要走，转身走出去几步又转回过来，好像不经意似的对我说：“我还没有你在美国的电话号码呢。”

我有点答非所问地回答：“等有机会我打给你吧。”

他笑了笑，说：“那等下次有机会吧。”大步走回到那一桌上，那边已经十几个中餐盘子摆好了，啤酒白酒倒好，有人大声叫着问服务员要勺子筷子。

他给林晰的那张名片就放在桌子中间，我拿过来看了看，上面没有英华锦新的标志，却是一个陌生的公司名字，地址是洛杉矶的。我低头继续吃饭，时不时地听到餐厅那一边传过来一阵劝酒的声音，朝那边看了几眼，发现周君彦再也没有看我们这里，他似乎正集中精力要把一个“汤总”灌倒，喝酒的样子十分有气势，整杯的啤酒白酒一饮而尽。等到我们吃完离开餐厅的时候，他已经喝了不知道多少杯，脸色和神情却没有明显变化。

林晰问我：“要不要跟你朋友说拜拜？”

我说不用，像陌生人一样从他身边走过去，一路都没讲话。出了餐厅，我们搭观光电梯上楼，我靠在弧形玻璃旁边看着外面阑珊的灯火，在电梯上到二十几层的时候突然开口说：“他就是那个人。”

外面很暗，电梯里亮着灯，林晰的身影清楚地映在玻璃上，不用回头也看得到他一动不动地站在那里，脸上的表情凝固了片刻。直到电梯发出叮的一声，停下来，金色的门向两边打开，他朝我走过来，伸手把我揽到怀里，似乎过了好久，才在我耳边轻轻地说：“他知道那件事吗？那次你差点死了。”

我摇头。

“答应我不要告诉他好吗？”

周围安静得要命，几秒钟之后，门在他身后重新合上，电梯启动，分不清是上升还是下降。我们就像站在一颗小小的透明胶囊里面，外面是漫漫夜色。我不知道他为什么要那样说，但还是紧紧抱住他，点了点头。一瞬间，我好像又回到多年之前的那张病床上面，他是我手里最后一根救命稻草，只管死命抓住，没有理由的。

我记得那是一个星期四，因为那天晚上回到房间里之后，我好像一时忘记了自己晚餐时说的话，在睡觉之前吃了一片避孕药。药吃下去之后，我暗自解释说是因为习惯了，明天一定记得把它停了。但是，之后的一夜又一夜，我们离开上海回到纽约，这个“习惯”仍然继续着。开始的时候，我还有意无意地背着林晰，直到有一次药名大模大样地出现在购物清单上，贴在厨房的冰箱面板上面，他看见了，也没说什么。

五月静静地过掉一半。

一天上班的时候，我偶然在证券交易清算公司的网站上看到英华锦新集团控股公司的年度业绩公告。国内楼市大涨，看数字，他们似乎在房地产上狠赚了一笔，相比之下原本属于主营业务的旅游和酒店业只能算微利了。年利润公布之后，股价自然走得很好看，韩总的身家比之前更可观了。在那之后，凡是碰到关于英华锦新的报道，我都会不自觉地关心一下，就像看八卦新闻似的，不管消息是好是坏，看过之后照旧继续过自己的日子。我自以为看得很不认真，但却可以肯定周君彦的名字从来没有出现在相关的新闻或是公告里过。

五月底，我去达拉斯出差，总共一周半时间。原定回来的那天是个星期六，到星期五上午事情差不多都结束了，便打电话去航空公司改签了当天下午的航班，回到纽约家里的时候不过傍晚六点。上楼之前，我先到底楼信箱拿信，里面只有两封当天寄到的广告信，正要锁上信箱上楼，管理员叫住我，从门房里拿出来一厚沓信和报纸来给我，另外还有一把信箱钥匙，说是林先生走之前让他帮忙收起来的。我觉得奇怪，林晰根本没有说过他也要出差，而且我在达拉斯的时候，每天晚上十一点都会接到他的电话，叫我早点睡觉。

我上楼，把一沓报纸扔在起居室的茶几上。打电话给林晰，手机关机。我有点怕，在房间里转了一圈，一切都跟走的时候一样，林晰的东西一件都没少。不知道为什么，我总觉得有一天，他会发现什么，然后抛下我走掉。至于发现的是什么，我自己也不知道。确认没可能是离家出走之后，我开始生气了，死到哪儿去了？竟然还敢骗我！二话没说，洗了个澡，换了身衣服出门，心里希望等我再回来的时候，他已经在家里跪搓衣板儿了。

一个人在附近的餐馆吃了晚饭，看见电影院正上映《星战前传Ⅲ》，刚好还有空位，就买了去看。这部片子我们已经企盼了一阵儿了，说好要一起去看的。在这一部里面，阿纳金正式变成黑武士达斯·威达，而帕德梅依旧爱他，为他生下了路克和莉娅。估计放映厅里百分之九十的观众是拿它当科幻片来看的，而我就是那些拿来当言情片看的那百分之十。影片结束的时候，我不得不承认自己就是喜欢坏人，因为，坏人的爱是没有原则的。

电影散场的时候已经挺晚了，我慢慢走回家去，转到我们住的那条街，远远地就看到一辆黑色的车子停在公寓楼前面。我以为是林晰的车，加快脚步跑过去，走近了才发现是一辆车身大得多的深灰色轿车，非得要有司机驾驶，才不失身份的那一种。

车子默不作声地趴在路边，车头旁边果真就靠着一个穿制服的黑人司机，正低着头点烟。我径自走到楼门口，又回头看了一眼。车子后排的窗玻璃正慢慢地降下来，里面的人也在朝我这里看，然后开门走下来——一个年轻女人，亚洲面孔，留着很有型的齐耳短发，白衬衣牛仔裤，脖子里挂着一串长项链。我随便扫了一眼，不认识，回头正要按密码进门，却听到她开口叫我的名字："程闻瑾。"

我转身看着她，茫然地笑着等她自报家门。不过，就在她开口的同时，我也轻轻地说出她的名字："韩晓耕。"

我突然想起来自己头也没吹，妆也没化，有点后悔没打扮漂亮一点。她好像也有点紧张，不时摸摸耳边的头发。结果还是我先打破沉默，对她说："上去坐一会儿吧。"很快在心里合计了一下，完全想不出有什么事情可以叫她来我这里叙旧，或者，她根本就不是来叙旧的吧？

她摇摇头，回答："上车谈吧。"话说完了也不管我回答好还是不好，自己先坐进车里，身后留下一阵香水味儿，闻起来像是"邂逅"，有些刺鼻。我犹豫了一下，也跟着坐进去，她随后升上车窗，打开车顶的夜灯。

"你把头发剪了啊？"我问她，试图找个轻松的话题。

她没回答我，另外扔给我一个问题："周君彦是不是跟你在一起？"

我愣了一下，莫名其妙地觉得有点儿心虚，一连串地回答："我有日子没见过他了，而且我就要结婚了。如果你们之间有什么事情发生，你找我就完全找错人了。"说完就伸手要开门。

她拉住我，说："你不要以为我不知道，你们几年前就又搞到一起了，上个月又在上海见面了。"话说得难听，语气倒很冷静。

听她这么说，我也不走了，反问她："你们结婚了吗？"

她明显噎住。我继续："没结婚你来闹什么？他就算欠你的，也还得差不多了吧。"

她哧地冷笑了一声，反过来问我："他跟你说他欠我的？"沉默了一会儿，又苦笑起来，"我告诉你，是我欠他的。我从来没有逼他跟我在一起，是他自己舍不得，跟来讨债了。他还是喜欢你呀，在你面前装好人。”

“你直说吧，今天来有什么事？”我心里乱得要命，只想快点回去，至于是蒙头睡一觉，还是找周君彦问个清楚，我自己也不知道。

她轻轻吐了一口气，说：“出了点事情，你可能在报纸上看见了。我现在找不到他人，如果你知道他在哪里，我求你告诉我。”

“找人的事情，你去找私家侦探。”我一口回绝，“我这里你也是这么找来的吧？”

“我知道他肯定会来找你。”她并不死心。

“他没来过。”我简单地回答，不带任何情绪，然后开门下车。

这一次，她没拦我，相信要说的她已经都说了。汽车在我身后发动，我站在人行便道上抬头看五楼的窗子，还是黑的。我出神地望了一会儿，直到听见熟悉的脚步声到了很近的地方，转头去看，是林晰拿着一个旅行袋静静地站在路灯的光晕里面。

林晰看着我，昏暗的灯光在他脸上投下薄薄阴影，猜不透那阴影后面的东西。

“刚才车上的是谁？”他问我。

“一个从前的同学，女的。”我回答，转身走上台阶去开门。

“怎么不上去坐？”

“人家不肯，说一会儿就要走的。”

我们一起进门上楼。他没告诉我他去哪里了，我也好像忘了问，心里想的只有起居室茶几上的那沓报纸。周君彦究竟出了什么事？进了家门，我丢下钥匙钱包就去翻报纸，从上个礼拜四开始的，也就是说林晰在我出差之后的第二天就走了。我没说什么，只顾迅速地把每份报纸上的社会版和财经版翻了一遍，最后在星期一的财经新闻头条看到一则关于英华锦新控股的消息：“Violation of SOX, Chairman under Investigation”（违反SOX法案，董事会主席接受调查）。粗粗扫了一下，主要说的是涉嫌瞒报百分之十五的中国大陆房地产项目利润，用以超额发放董事酬金，联邦调查局已经展开调查，董事会主席和有关高管面临起诉，最高可能获刑二十年。之后几天的报纸上陆续有一些后续报道，诸如股价应声下跌，市值缩水超过五成之类。

我又仔细看了一遍，韩晓耕爸爸的名字和首席财务官等人都指名道姓地列在其中了，但确实没有周君彦的名字。他是不是纠缠在里面？和这件事有什么关系？我一定要知道。一时间，除了这件事，我好像什么都忘了，跑到房间里拿了电脑出来，放在茶几上打开，只觉得心在胸口乱跳，敲键盘的时候手都在抖了。我碰运气似的在存档邮件里面找几年前他发给我的电邮，没找到，深吸了几口气好叫自己平静下来，努力回想那个邮箱地址，他名字的首字，他的姓，生日……试着写了一个，然后在正文里写道：见信立刻和我联系。发出去，一会儿工夫收到一个“发送失败”的通知。改了一下地址，又试了一次，总算没有错误信息了。我坐立不安地在电脑前面等，隔一会儿就按一下刷新。

过了很久，我才想起来林晰。卧室里没有亮灯也没声音，他好像已经睡了。转头看见他的旅行袋扔在沙发边上，我走过去，弯腰翻里面的东西，带着一股火气，机票、火车票或是高速公路收据，任何可以告诉我他前几天去了哪里的东西。不想却翻出来他的护照，最近一次出境记录就是上周三晚上，同一页上入境处的章写着法国巴黎。我看着那几个微微模糊的蓝色字母，木木地想不出来那到底算是什么意思，合上，又随手塞回包里去。

那天晚上我始终没有收到周君彦的回信，或许那根本就是个错误的电邮地址，也可能他早已经不用那个邮箱了。钟走到凌晨一点的时候，我开始觉得很不舒服，头很晕，脸热得烫手，身上却冷得要命。我忍不住在沙发上躺下来，闭上眼睛，拉过搭在扶手上的毯子来盖，从头到脚裹得紧紧的，还是觉得冷，从骨头里透出来的冷。不知道过了多久，我模模糊糊觉得有人过来看我，一只手在我额头上搭了搭，然后又把我抱到床上，埋在柔软的被子里，搂在温暖的怀抱里。但是，我还是听到自己说：“好冷。”身边的声音轻轻地回应：“宝贝，我怎么做才能温暖你啊？”

第二天，我醒得很早，外面是个阴天，窗帘滤过的光线让房间半明半暗。我觉得自己微微有点发烧，扁桃体好像是肿了，就连咽口水也觉得嗓子很痛。林晰已经起来了，给我量了热度，拿来药片和水，问我要不要去看医生。我回答说不要，又在床上躺着闭了一会儿眼睛，感觉恢复了一点精神之后，爬起来去开电脑，依旧没有回信。我默不作声地对着电脑屏幕发呆，他看着我做这一切，什么都没问。不过就算问了，我也不知道该怎么解释。要他再给我点时间？好让我找到那个失散的人，知道他过得好不好？如果不好，我怎么办？我放得下吗？

好不容易回过神来，我起身去浴室刷牙洗脸，听到林晰在外面说，他出去买早餐和感冒药，我“噢”了一声，他就关上门走了。梳洗完回到起居室，却看见电脑旁边放着一张小白卡片——周君彦的名片，应该就是我们在上海的时候，他给林晰的那一张。

我一动不动地盯着那张卡片看了很久，拿起来在手心里捏成一团，好像这么抓着，没人能看见，它就不存在了。十分钟之后，林晰回来了，新烤的面包和咖啡的香味在房间里弥漫开来。我们像平常一样靠着厨房的橱柜吃早饭，看着窗外的街景。那是个星期六，还不到十点钟，路上行人不多，马路对面一个小花园里种着豆梨和鹅掌楸，有几棵银杏已是满树新绿，每年春末夏初，都是这样的景色，七年了。

很长时间都没人讲话，直到我感觉到手里那张名片硬挺的棱角戳得手心有点疼，我松开手，把它放在灰色磨石台面上展平，转过头问林晰："你给我这个干吗？"

他看了看，回答："我想你可能用得到，打过电话了吗？怎么样？"语气很平静，没有火气，也不像是说反话。

反倒是我提高声音问他："你什么意思？"

他看着窗外，说："没什么，我不喜欢假装。"

我觉得喉咙堵上了，咽不下面包，也说不出话，很久才挤出一句："我跟他真的没有什么，都是很久以前的事情了……"

他摇摇头，打断我："你还没问过我，前几天去哪儿了。"

"我已经知道了。"

他没理会我说什么，继续说下去："你可能不关心，我前几天在巴黎。我想离开纽约。"他转过脸去盯着窗外的什么东西，似乎皱了下眉头，终于把那句话说出来，"我们分手吧。"

一时间，我好像没听懂他的意思，觉得又气又难过，却不知道气的是什么，一句话也说不出来，似乎也不用再说什么了，一切他都已经有结论了。我愣了很久才又开口："你都决定了，还问我干吗？"话一说出来，眼泪也控制不住地流下来。

他终于看了我一眼，轻轻地说了一句："你不要这样。"伸出手像是要帮我擦眼泪，又很快收回去，别过脸去看着外面，"我们不应该再在一起了，两个人都不开心。"

"为什么啊？"我忍住眼泪问他。

"没什么为什么的，就是我不想再为你的事情难过了。"他回答，看起来却一点也不像难过的样子。

反而倒是我大哭起来，哭得扒着橱柜的台面蹲到地上，心里巴望他到头来还是会像从前一样心软。但他没有。我哭累了，眼泪渐渐干了，站起来，红着眼睛问他："你是不是又喜欢上别的什么人了？是朱子悦还是她女儿？"存心挑衅，想让他发火，骂我几句，甚至气急了打我，于是我就可以哭，求他留下，不要离开我。

和我想象的不一样，他没有生气，也没有回答我的问题，只是说："这里的房租预付到八月底，你找到地方搬之前还可以住。我今天就走，留下的东西过几天运输公司会来打包，有什么你想要的你拿走，车子麻烦你处置……"

他一样一样地交代，一切都安排得有条有理，最后还不忘记说："如果今天热度不退，记得去医院，不要开车去，我跟管理员打过招呼了，他会帮你叫车。"

终于，我心里说，终于他不爱我了。我不太清楚自己为什么会这样想，这个念头又究竟代表了什么。或许我从一开始就一直在试探那条底线，像一个不知好歹的淘气的孩子。今天，终于，撞在那条线上了。我觉得自己活该，同时也有点火气，恨死了他这种平静的态度，语无伦次地对他喊叫："你还管我干吗？！……这就是你说的爱？……哦对，你说得没错，我们是不应该再在一起了，一开始就不应该在一起，你一直都在计较，计较谁爱得多一点，生怕自己吃亏……你不用再算了，我现在就告诉你，我不爱你，从来没爱过！”

把这所有都喊出来以后，我好像用尽了全部力气，也总算冷静了一点，突然意识到，我随口胡说的那些话可能是真的，我们真的从一开始就是个错误，他太理智、太患得患失，而我并不是真的爱他。

从前他跟朱子悦分手的时候应该也差不多就是这个样子的，这么多年过去，他只可能变得更加成熟冷静，但我却还是从前那个十几岁的孩子，不管什么应不应该，不知道孰轻孰重，也分不清哪个更少哪个更多。我不想让他走，想要扑到他身上，紧紧抱住他，让眼泪浸湿他的衣领，求他不要走……但接下去，接下去怎么办？我还是会想周君彦，想找到他，看着他，确定他过得好好的……我搞不懂这所有究竟算是什么，纷杂的念头弄得我快疯了，我不能再想下去，好像累到极点，我看着他，看了很久，最后说：“你要走就走吧。”

他听到了，在原地没动，低下了头，又很快抬起来，轻声说：“答应我，一定要过得好好的。”

我没有说好，也没点头。而他也好像不需要这个答案似的，没碰我，也不看我一眼，从我身边走出去。有那么一瞬间，他的手就在距离我五公分的地方，只要一伸手就可以握住，我没动，好像僵住了，一根手指都不能动弹。三十分钟之后，他走了。我听到他关门的声音，浑身颤抖地在厨房的角落里坐下来，脸埋在两条手臂之间，再也没有力气哭或者思考。

快到中午的时候，天放晴了，一点淡淡的阳光照到我身上。我慢慢爬起来，从厨房出来，一寸一寸地看着眼前这个熟悉得不能再熟悉的地方。所有东西看起来好像还是老样子，可能只有我和他才能分辨出那些细小的不同之处——昨晚放在起居室里的那个旅行袋，他带走了，另外拿走几件衣服和他的两台照相机。一切，都变了。

我想过要追出去，挽留他，但最终什么都没做。我不知道怎么做才对，可能这样的结尾最好，对两个人都好，他不必再为我的事情难过，我也可以忘记其他所有，像一个着了魔的没心肝的人那样，只记得那个施念咒语的人。

于是，我这个着了魔的没心肝的人跑回厨房，找到那张揉皱又展平了的名片，拿起电话拨了上面的号码，手机和座机都没有人接听，电话那头只有仿佛永无尽头的嘟嘟声空洞地在响。世界尽头某个角落里，另一个着了魔的没心肝的人仍旧毫无音信。

一直到下午，热度还是不退，不知道算是赌气还是苦肉计，我一直没去看医生，蒙头睡了很久，希望醒过来的时候一切都已经好了，至于怎么个好法，我自己也说不清楚。睁开眼睛，天已经全黑了，我在黑暗里伸手摸到床头灯的开关，打开，一小团橙色的光亮起来，照得房间里又空又安静。开灯的那只手上还戴着那枚“无瑕级”“净水色”的戒指，在灯光下闪着无可挑剔的蓝光。实在是讽刺，因为，我们之间离“无瑕”太远了。

应该还给他的，我静静地想，否则每次看到都像是挨了颗子弹一样。别人分手的时候都这么做的吧？能还的都还了，不能还的撕成碎片烧掉，还不了、撕不碎也烧不掉的就埋了，深深地埋了。这个世界上总有人在分分合合，在我们之前有无数，之后也还会有，没什么了不起的。离开我，他很快会遇见另一个女人，可能已经有了，过去的那一个多礼拜他去巴黎就是为了她，管她是谁，她给了他什么样的安慰，她是不是百分之百地爱他，是不是没有任何爱情之外的东西让他们在一起……我没有一点力气，躺在床上反反复复地乱想，直到又想到昨晚发出去的那封邮件。

我又着了魔，又去打电话收邮件，却还是一无所获。我手里拿着周君彦的名片折来折去，突然想到霍德森，他很久之前就问过我知不知道SOX，他很可能知道事情的来龙去脉，周君彦也很可能和他还有联系。此人的名片在我的名片夹里和一群会计主任财务经理的混在一起。我翻出来，直接打过去，一点没有犹豫。

嘟嘟声过后，电话接起来：“你好？”

“你知道周君彦在哪里吗？”我张嘴第一句话就问。

“你是谁？”

“我是他的朋友，我跟你也见过几次。我是程闻瑾。”我一连串地解释。

“是你啊。”他一定又那样笑了，然后说，“你好吗？你听上去很糟糕。”

“你知道周君彦在哪里吗？”我没回答他的问题，固执地重复，“你要是知道，请一定告诉我。”

他的声音不带笑容了，问我：“打这个电话就找得到你吗？”

我回答是，刚说完，他就挂断了电话。

几分钟之后，电话响了，没有显示号码。我接起来，电话那头的人说道：“是我。”

熟悉的声音让我的眼睛一下子湿了，“你在哪里啊？”我哭起来，好像一下子回到从前，我在康涅狄格那所寄宿学校里面一心一意地等他来到。

“你不要哭。”他说，自己的声音里却也带着点哭腔，“我没事，我很好。”

“到底怎么回事啊？”

“我会跟你解释的。你半个小时之后收一下邮件。”说完就挂了。

半个小时之后，一封新邮件在收件箱里跳出来，正文只有一句话：**我跟那件事无关，来找我，我等着你。**附件是一张电子机票，目的地是迈阿密，航班就在两个小时之后起飞。

我几乎什么也没有带，只拿了一个装了驾照、钱包和手机的小包，想了想，把护照也放进去了。走到底楼门厅，管理员叫住我，问是不是去医院，他帮我叫车。我心里狠狠地痛了一下，但还是回答说不用，也没去车库拿车，出门一路跑到相邻的大马路上去叫出租，一副准备亡命天涯的样子。

到机场的时候已经是最后一次广播，航空公司的地勤招呼我走快速通道领登机牌，所有事情都快得不容我考虑。机票没有仔细看，只知道登机牌上的位子很前面，上了飞机才发觉这趟三个多钟头的飞行居然坐的是头等舱。相邻的座位都没有旅客，空乘一转眼消失在蓝色门帘后面，搭乘的仿佛是一次鬼魅的航班。机舱里不知道为什么很冷，可能是还在发烧的缘故。我身上只有睡觉穿的短袖汗衫和一条薄薄的运动长裤，我把座位上的毯子裹在身上，又另外要了一条厚一些的绒毯，盖在腿上。一个有些年纪的空姐过来说我脸色很不好，问我还要什么。我就要了一片感冒药，药吃下去，飞机已经开始滑行，我眼皮又酸又重，后背和大腿骨隐隐地疼，很快药效上来了，我昏昏沉沉地睡过去了。

做了一程的乱梦，梦里天空像蓝眼睛孩子的虹膜那样湛蓝，林晰的脸离我那么近，用温柔的声音说：“乖乖的，等我回来带给你一束玫瑰。”我很听话地点头，看着他在草地中间一条灰色的路上越走越远。又听见远处有人在叫我，我看过去，是周君彦站在一个伸向海面的崖角上，看见我回头就纵身跳下去，一个漂亮的姿势钻进浓郁的蓝绿色海水里，潜泳了很远的距离才露出水面，向我挥手，要我跟他去。我想要去，脚却重得迈不开步子。林晰不知道什么时候回来了，就在我身后，凑近我的耳朵说：“去吧，如果你爱他。”话还没说完，他好像被一只手拉走了，声音越来越远，一个女人美丽的头发在他肩上飘来飘去。

我伸出手去拉他，碰到的却是空姐的制服袖子，她叫醒我，告诉我飞机就要降落了。

飞机上总是干得像沙漠，加上目的地是大雨中的热带海滨，走出机舱的时候，湿热的空气显得出乎意料的沉重。时间已经挺晚了，机场里有些冷清，我搭自动扶梯下到底层，很远就看见周君彦大大方方地站在国内到达处，偶尔抬头看一眼大屏幕，衬衣带着点儿微妙的浅蓝，藏青的裤子，脚上一双深蓝色压白线的罗发鞋，像是刚刚从某本游艇杂志的封面上走下来的。我立刻意识到自己原来亡命天涯的念头有多蠢，有一瞬几乎想退回去，只可惜当时根本没有体力逆着往下的自动扶梯飞奔而上，而且飞机也不可以像出租车一样说回去就回去，最早一班飞往纽约的航班也要等到明天早晨。

他抬头看见我，朝这边招手。我吐了一口气，走过去。机场的玻璃墙外面是黑沉沉的雨幕，从空中看下来，一定就像是深海里一只发光的水母。他伸出一只手搂住我的肩膀，在右边额角的头发上吻了一下，没有问我脸色怎么那么差，没有问我为什么冷得发抖，好像早已经知道，都是因为他。

他领我到门口上了一辆黑色轿车，示意司机开车。车里有点冷，我坐下来就打了个寒战，他感觉到了，伸手关掉空调，车窗上很快结起一层薄薄的水汽，看起来就好像装着冰可乐的玻璃杯壁。我看不清窗外的景色，每隔一会儿苍白的路灯光照进来，车厢里亮一下，又很快陷入黑暗里。在一个比较长的黑暗的间歇，他转过头在我嘴上吻了一下，然后越吻越深，用很轻很轻的声音对我说："我好像等了好久，没有看见你，以为你不会来了。"我的嘴一定是烫的，因为他的感觉有点冷。

不知道多久之后，车子好像折进一处屋檐下面，听不见雨点落在车顶篷上的声音了。他带我下车，打开面前黑沉沉的玻璃房子的大门，又回到车子那里，低声跟司机讲了几句话。我累极了，一句话都不说径自走进去，找不到电灯开关，就在黑暗里一扇一扇地去推眼前看到的每一道门，壁橱，洗手间，又是壁橱……直到身后传来关门的声音，他也进来了，点亮角落里的一盏落地灯，幽暗的橘色灯光照亮了房间，他走过来替我打开客厅最南面的一扇门，门的那边终于是间卧室，我走进去，在床上躺下来，拉过床单裹在身上，细密光滑的织物一点不暖和，但躺下来多少让我舒服了一点。片刻之后，床垫陷下去了一点，我知道是他坐在我背后的床沿上。

"没什么要问我的？"他说。

我闭着眼睛摇头，说："我就想过来看看你。你看起来过得挺好的。”几秒难堪的沉默之后，又补充，“你别想太多。”

他轻轻地笑，伸出一只手摸摸我的头发，然后放在我肩膀上，很久很久，我几乎睡着了。直到听见门铃声，低低的说话的声音，床边一盏台灯亮起来，我才睁开眼睛。

“医生来了。”他俯身在我耳边上说。

医生量了体温，问了我几个问题，咳不咳嗽，接触过什么，对什么药物过敏，诊断就是普通感冒，给我打了一针。可能是针剂的关系，我很快就睡着了，都不记得听到过医生离开的声音。再醒来的时候，热度已经退了，房间的落地窗遮着亚麻色的窗帘，缝隙里没有一点光线透进来，天还没亮。我睁开眼睛看见周君彦坐在床边的扶手椅里看我。

“醒了？觉得好一点没有？”他问我。

我点点头，说：“这里是哪儿？”

“霍德森在迈阿密的一个度假村，这是其中一座别墅。”

“你们到底在搞什么啊？”我坐起来，看着他问。

“没什么，你别担心，我不是在躲警察。”

“躲韩晓耕？”

他冷笑了一声，说：“那倒是真的要躲，她老早就开始用私人侦探了。”

“她找到我了，迟早找得到这里。”我对他说，“她爸爸的事是你检举的？”

他点头。

“你从一开始就想好这么做了对不对？”我问他。

他看了我一会儿，点点头。

“为什么呀？”我的眼泪涌出来，这个问题背后包含了太多的不同的命运，我的，他的，一群人中的一个在某个时刻决定选择一条岔路，他身边的人也身不由己地走上歧途。

他走过来坐在床上抱住我，我推他，但他抱得更紧。终于我也搂住他的脖子，趴在他身上大哭，一边哭一边问他：“我回去找你的时候，你就决定了？”

他摇头，苦笑说：“那个时候还不知道，以为自己跟韩晓耕都很倒霉，其他人都要瞒着，只有她可以说说话，律师也是她家帮忙请的。我爸爸判刑之后才知道，那个律师进去跟他讲，你放心，你儿子老婆老韩会照顾。他反应还蛮快，马上就明白了，什么都说了，就是把韩晓耕她爸绕开了，还觉得自己为我做了什么大好事。”他断断续续地说。他或许聪明、坚强、矢志不渝，有的时候却还像个生气的孩子。

我很想说，你以为自己是谁，这事凭什么由你来做。他抢在我前面：“其实我在这里不是躲韩晓耕，她不能拿我怎么样。”突然停住，捧起我的脸，看着我，“我是想让你看看加勒比海的日出。”

我的心被一个热热的拳头猛地撞了一下，有一下忘记了跳动。他在我嘴上亲了一下，轻声说：“你叫我别多想，我想得太多了。”

他好像转身要站起来离开，但我还是没从那停跳的一瞬间恢复过来，两只手没有松开他的意思，反而紧紧地箍住他脖子。他感觉到我的变化，也抱紧了我，嘴贴上来分开我的嘴唇，慢慢地吻下去，一直吻到锁骨，然后动手脱掉我的衣服。我也去解开他衬衣的扣子，一颗一颗地解。他没有耐心等，伸手去拉，把剩下的扣子扯掉了，把他赤裸的身体贴在我的身上，抚摸我，不停在我耳边叫我的名字。两个人都不再是多年前什么都不懂的小孩子，一切都自然而然水到渠成。直到他俯身去吻我的小腹，然后摸着我肚子上的伤疤问我：“这是什么？”

那条疤，我忘了很久了。因为是急诊，那一次做的是开腹手术，刚刚出院的时候刀口有五六公分长，很明显，为了这个我还哭过好几次。后来，一年两年过去，它在不知不觉间缩短变淡，最后只剩下一小段微微凸起的白线似的痕迹。与此同时，许许多多新的事情发生，好的坏的，大的小的，开心的不开心的，我慢慢地把它忘了。不知道为什么，那个凌晨，在迈阿密，在他怀抱里，看到这个小小的疤痕，他留给我的，我一下子想起很多事情来，却都不是关于他的，只听到脑子里一个声音在讲：“他知道那件事吗？那次你差点死了。答应我不要告诉他好吗？”

我整个人僵了，愣了几秒钟才回答：“没什么，几年前开的盲肠炎。”推开他的手，坐起来，开始穿衣服。

他搂住我的肩膀，问我怎么了。我说：“我不舒服，我想睡觉。”背对着他把床单裹在身上。

他在我背后默不作声地坐了很久，最后俯身在我脸颊上亲了一下，一只手在我肩膀上捏了捏，拿了自己的衣服走出去，关上了房门。

他离开之后，我一直没有睡着。钟走到四点的时候，我起来，走到窗前，拉开一点窗帘，落地窗外面无遮无拦，只有一个棕色赤松木板镶拼起来的宽敞的平台，伸向黑沉沉的海面。看海上的日出，这里肯定是最合适不过的地方了，只不过我们的运气总是不够好，十七岁那次被老师抓到，二十五岁在迈阿密又碰上了个下雨天。

雨似乎下了一整夜都没停过，我坐在窗边的地上，有关过去一天的记忆好像十年之前的那样遥远而模糊，很多过去的事情却又仿佛历历在目。我不能想象自己究竟做了什么，又对林晰说了些什么话，接下去，我又该怎么办？我第一次想到这样一个假设，如果那个时候，周君彦的爸爸没有出事，如果他真的来了美国，我们一起念书，一起毕业，事情又会是怎样的？我不能确定，但很有可能我们还是走不到一起，他总会为了什么更加重要的事情放弃我，学业、事业、家庭……天知道会是什么。而我也会在一种更加正常和理智的状态下，做出我自己的选择。

也许，只是说也许，我和他之所以对彼此如此念念不忘，只不过是因为我们从来没有机会在一起经历过什么。他根本不知道现在的我是怎样一个人，我对他更是一无所知，却总是误以为对方是心里那个永远不变的挚爱和理想。从纽约出发的时候，我曾以为自己会心甘情愿地为他远走天涯，但事实上，引我到这里来的不过是一段褪色的回忆罢了。

我看着微暗的晨光里面无边无际的灰色雨幕，一直看到心里好像都空了，才回到床上去渐渐入睡。再醒来的时候，天已经大亮，而且放晴了。我坐起来，觉得喉咙里又干又痛。床头柜上放着一杯水，我拿起来喝掉大半。走到窗边拉开窗帘，外面炫目的阳光涌进来，让我睁不开眼睛。隔着落地窗的玻璃，我看到周君彦正站在平台边上，光着上身，挥着球杆，把一个又一个小小的白得耀目的高尔夫球打进很远的海里。我出神地看了一会儿，推开移门走出去，外面浓郁的湿漉漉的热气瞬间围上来。

“今天是五月二十九号星期天吗？”我假装是一个失忆的人。

“是，不过就快是中午了。”他笑答，从旁边一张杉木折椅上拿起一件白色的马球衫穿上。

“我想今天就回去。”我说，“我什么都没带，明天还要上班。”

他先点点头，转过头去看着海面，过了一会儿说：“多留一天好不好？”

“我什么都没带，明天还要上班。”我重复。

“再多留一天好不好？”他也重复。

我摇摇头，说：“对不起，我真的就是来看看你好不好。”

他看看我，突然问：“你真的爱那个人对不对？”

我点头，没有丝毫犹豫，就好像从来没有一件事情能让我这么肯定。

他没有再坚持，沉默了一会儿，最后说：“晚上我送你走。”

他脸上伤感的表情让我没办法再说什么，我答应了，我以为这点时间我还给得起。

午饭之前，他带我去买衣服，连衣裙、睡衣、内衣一件件地亲自选过，不许我自己付账，回来之后就坐在客厅的沙发上等我洗澡换衣服。像两年前一样，他的盥洗台上依旧摆着一瓶“雅弦”的女香，我看见了，却没有动。等我从浴室里出来，午餐已经在露台上摆好了。吃过饭，他又带我到海边船坞，去看停泊在那里的一艘游艇。那艘船通体白色，五十英尺长，价值不菲，船身上靠近船头的地方印着一个朱红色小篆的“瑾”字。我终于知道为什么他无论如何要我再多留一个下午，他想了很多，做了很多，真的拿出来让我看了，却又透着一股无奈的味道。

晚上，依旧是那辆黑色的轿车送我去机场。直到领登机牌的时候，我才知道他跟我一起走。我惊讶地看他。

他自嘲地说："是不是有点做过头了？"

飞机上多少有点尴尬，我想闭上眼睛睡觉，却怎么也睡不着，只好一直别过脸，看着舷窗外面夜色中的云层，而他一路都在看一本机场买的财经杂志。三个多小时之后，繁星似的灯火勾画出熟悉的海岸线，飞机在纽约上空缓缓下降了。

八

仿佛回到原点

如果真的可以重新来过，我会做一些不一样的决定，

在一切都太迟以前。

出了机场，周君彦要送我，我说不用，径自跳上最近的一辆出租车，报出家里的地址。上车坐定，就开始打电话，但林晰的手机始终是关机状态，家里的电话也没有人接听。不过，不知道为什么，我就是不相信他真的能一走了之。过去的七年时间里面，他总是守着我、保护我、宠我，无论发生什么事情。而且，他只带走了刚够一周换洗的衣服，可能用不了一周时间，我就可以让他再回到我身边。到那时候，就像小时候一个新学期开始，书和文具都是新的，心情也不会有一丝皱纹，可以把漫长假期之前发生的所有坏事情通通忘记了。

出租车拐进我们住的那条街，很远就看见那个属于我们的窗口里似乎有一点光亮，直到车子驶近了，才发现是对面房子的灯光投射在窗玻璃上的反光。我在大楼门口下车，又抬头看了一次，仍旧是黑的。那时差不多是晚上九点半，大多数的窗口都亮着灯，各种颜色各种质地的窗帘后面，偶尔有人影闪过，只除了我们的窗口。出租车在身后开走了，我又在楼下站了一会儿，才磨磨蹭蹭地上楼。在那之前，我已经在心里想了一百遍了，在每一遍的想象当中，那扇窗里都有温暖的灯光亮起，我不能相信，事实不是这样的。

走廊里的镜子映出我的影子，身上穿的是在迈阿密新买的裙子和风衣，周君彦选的，不太像我的风格，整个人看起来有点陌生，有一瞬我甚至没有认出自己，以为是一个素未谋面的新邻居。然后又忍不住地惊讶，不知不觉，自己已经成了一个大人。我任性幼稚自私冷酷，不管在内心里我多么希望可以像个小孩子那样被原谅，但事实上，我已经完完全全不是小孩子了。

走到家门口，拿出钥匙来开门的时候，我仍旧在默默地念咒："他回来了，他在家里。他回来了，他在家里。"但钥匙插进锁眼转动的声音很空洞，门开了，后面是黑暗的房间，窗帘没有拉起来，一点月光和路灯的光线照进来，淡淡的光斑横在地板上。我走进去，关上门，打开灯，立刻发现房间跟我离开的时候不同，有些东西已经不在原处了。

他真的回来过，我不出声地自言自语。玄关放钥匙和零钱的镍质圆盘上面放着一束牛皮纸包裹的白玫瑰，因为很久没有水分，一大半已经枯萎。旁边是一个大信封和孤零零一把钥匙。

钥匙是林晰的，大门的钥匙。信封里装的是公寓的租约和一些杂七杂八的文件，除了他的几个签名，没有只言片语。房间里他的东西几乎全部拿走了，衣橱里空出一半。

"这样真的很酷。"我轻轻地说了一句，很奇怪并没有觉得太伤心。林晰似乎第一次做了一件事，合乎我对他最初的想象，甩掉一个让他不开心的女人，甩得干干脆脆。

那天夜里，我的脑筋似乎转得特别慢，神经也很麻木。我花了很长时间站在卧室的穿衣镜前面慢慢地脱衣服，然后去浴室刷牙洗澡，直到站在淋浴龙头温暖的水幕下面才忍不住放声哭泣。

擦干眼泪之后，我开始一个接一个地打电话，给所有我知道的认识林晰的人。但是，我可以算是一个特别要面子的人，电话接通了，却不知道怎么开口，勉勉强强寒暄一番，问人家最近在忙什么，晚饭吃的啥？对方心里纳闷，跟这个不大爱搭理人的丫头一向没什么交情，今天半夜三更地打电话来做啥？绕了半天，才把盘桓很久的问题说出口："林晰这两天有没有跟你联系？"得到的大多是些没价值的回答。

迪克森大叔在夜店喧闹的音乐声中接起电话，然后躲到厕所间告诉我：林晰有跟他说过要离开美国，就是昨天或者今天的事，记不清了。

"你们不是一起走？"他诧异地问，声音里隐约有一丝笑意，好像在说，此人果然本性难改，只是赔上五年多时间，玩得似乎有点大。

洛拉遵循严格的作息时间，十一点之后手机必定关机，所以直到第二天早上，我才打通她的电话。她没像我料想的那样幸灾乐祸，只是很简单地说，林晰打电话来跟她告别过，没有见到人，她以为他就是暂时离开美国，也不知道他是一个人走。

没有人知道他确切的去处，他只跟我说过要去巴黎。而我第一次发觉，我根本没有自己的朋友，所有可以称得上朋友的人全是通过林晰认识的，也全靠他维持友谊。多年以来，我就这样寄生在林晰的生活上面。我从来没有学会忍受，从来不顾及别人的感受，只知道和所有看不顺眼的人和事划清界限。虽然我在工作，挣的钱足够养活自己，但我还是无可救药地依赖他维持起一个成年人的生活。有工作有公寓有朋友圈，看起来跟身边的同龄人没有两样，实质上却一点也不真实，我从来不用为柴米油盐担心，会想也不想地随便跟一个朋友闹翻，之后毫无悔意，就像一个社交能力不及格的幼儿园小班生。只因为我有林晰。

最后，我拨通妈妈的电话，这个总算不用装模作样的寒暄，上来就问她，知不知道朱子悦的联系方式？

她愣了一下，说："有一段时间没有看见她了，好像不在巴黎。"然后笑着说，"这个你不应该来问我，你身边就有个人肯定知道。"一阵难堪的沉默之后，才又开口说，"噢，我懂了。"

我头一遭感觉到有这样一个母亲的好处，她似乎很懂得，甚至信仰男女之间的飘忽不定分分合合，她不会啰唆，也不会替我伤心，到头来反而需要我去安慰她。她任由我去哭，等我哭够了，对我说："来巴黎吧，不管他在不在这里，换个地方总会好受一点。"

我还是呜呜咽咽，说：“……让我想一下，你让我再想一下……”

妈妈回答：“好的，不管怎样，你知道的，我总是在这里的。”

星期一的早晨，我去上班，像失恋的人通常的症状一样，没有胃口吃任何东西。上午开一个项目的启动会议，照例有人买好咖啡放在会议室的桌上。我下意识地拿起来喝，空着肚子喝完一整杯美式，疼痛从胃部慢慢地扩散开来，渐渐浸透整个身体。我咬牙忍着，好像这样做就算是在惩罚自己。散会之后，我开始在电脑上写东西，打了两行，又一个字一个字地删掉。一直到下午三点钟，实在撑不住了，我请了病假回去睡觉。到家没有脱衣服，就趴在床上，胃痛得睡不着，但就一直这样趴着。快到傍晚的时候，手机响起来，是周君彦，问我感冒好了没有。

我听见自己嘴巴里发出一些毫无意义的音。他问我怎么了？语气很着急。我好不容易集中精神，回答他：“我没事，就是胃痛在家睡觉还没醒。”他又说了些什么，我听见了但没明白意思，随便“噢”了几声，挂断了电话。

天快黑了，房间里的光线慢慢暗下来。一阵铃声响起来，我昏头昏脑地分不清那是什么声音，头也没抬，随手抓过摆在床头柜上的闹钟朝声音传过来的方向扔过去，橡胶质地的钟在墙壁上发出一声闷响，然后落到地上。是门铃，还在响，丝毫没有放弃的意思。我深呼吸一次，爬起来，走出去开门，门外面站的是周君彦。

“怎么胃痛了？”他问我，走进来，关上门。

“没吃早饭没吃中饭。”我回答，没看他，走回卧室去继续趴着。隐约听见他走到厨房去开冰箱的门，发觉除了过期食品什么也没有。我闭着眼睛嘲笑他，他走过来，拖我起来，说要带我去吃饭。

我说我不要，我就想睡一会儿。他不放手，我又踢又打，他先是抓住我两只胳膊，然后紧紧地抱住我。我脸埋在他胸前哭起来，闷声闷气地喊：“林晰不要我了，都是你不好，他不要我了！”

“你还有我。”他抱着我说，声音很轻，也很坚决。

天完全黑下来之后，我打起精神来跟他出去吃饭，眼睛又红又肿，大晚上的戴了一副墨镜。下楼到门厅，管理员向我们点头致意，替我们打开底楼的总门。门口停着一辆大块头的轿车，透过墨镜深灰色的镜片看出去，黑色的车身和夜色几乎融在了一起，跟韩晓耕上次坐的那一辆十分相近。司机过来开门，我有点茫然地跟周君彦上车。他轻声跟司机说了一个饭馆的名字。车子发动了，他转过身来，握着我的手，看着我。

“你怎么知道我住的地方？”我问他，突然觉得自己很清醒了，“我没有告诉过你。”

他怔住了，没有回答。

“你来过这里是不是？”我继续问，声音很冷，“五月十七号晚上。就是乘这辆车来的对不对？我不在，你跟林晰讲了什么？”

一切都讲得通了，所以刚才管理员会放他上来按我的门铃，而不是在底楼门禁外面等；我们出去的时候，甚至还帮我们开门。管理员认得他，或者是记得他丰厚的小费。

他很久没有讲话。我叫司机停车，司机犹豫着回头看看周君彦，他没有表示，于是车子继续往前驶去。我想也没想动手去拉车门的保险，打开车门。他赶紧扑过来把车门拉上，然后叫司机停车。车子靠边停下来，我下车穿过不停歇的车流朝路对面走过去。周君彦紧跟在我身后，叫我的名字，不时地拉我一下，躲过一辆疾驰而过的车子。我头也不回，穿过六条车道，上了马路对面的人行便道，一辆公共汽车在路边停下来，我上车，他跟上来。车子又一次靠站的时候，我下车，他还是跟着。我拦下一辆出租车，他也坐上来。司机问我们去哪儿，我们几乎同时开口，我说了家里的地址，他报了那个餐馆的名字。司机回头问到底去哪儿？我又说了一遍家里的地址。然后对周君彦说：“你下车，我们完了。”

他没有下车。车子开动了，路灯和过往车辆的灯光时不时地照亮车厢，他转过头来轻声说：“我只是让他至少给你一个选择的机会，让他自己看你的心在哪里，就是这样，没有其他的了。”

我看着他，突然想起林晰临走时说的话“我不想再为你的事情难过了”，其实是他不想让我再为难了。之后很长很长时间，我一句话都说不出来，他也没再开口，两个人默不作声地坐在出租车的后排位子上。快到目的地的时候，他的手机响了，他接起来，韩晓耕的声音在电话那头响起来，声音很大，大到我也听得见：“周君彦，没有我你什么都不是！”他一言不发，打开车窗把电话扔出去，电话飞出去很远，最后撞在马路中间的隔离带上摔得粉碎。

几分钟之后，出租车在我住的那栋楼门口停下来，他拉住我不让我下车，说：“他已经走了，我就是想跟你在一起，我们结婚吧。”

我回答：“不可能，我们完了。”甩开他的手，下车上楼。

我不知道后来那辆车在楼下停了多久。我拉起卧室的窗帘的时候，它还在那里。那天晚上，我躲在窗帘后面，坐在地板上哭得不像样子。心里第一次清楚地知道，这些眼泪全是为林晰流的，和其他人毫无关系。

第二天，我去公司请假。因为当年的年假都用完了，老板很不情愿，但我还是坚持请了两周不带薪的假，然后在公司楼下的旅行社里买了当天晚上飞巴黎的机票。就像妈妈说的，不管他在不在那里，远渡重洋也许真的会让我好受一点。

这一次的巴黎之行和两年之前完全是不同的心境，只有我一个人，带着最精简的行李，在飞机上完全睡不着，看了一路的电影，想到过去的一些事情，就会突然流起眼泪来。早晨飞机在戴高乐机场落地的时候，我已经用掉一整包纸巾，戴着一副可以遮掉半张脸的墨镜。妈妈和囧叔还是像上次那样来机场接我，一看到我，她就搂住我的肩膀，一路上都没松开。上了车，她陪我坐在后排，我把头靠在她肩膀上，闻着她身上的味道总算迷迷糊糊地睡了一会儿。到了他们家里，我说我想睡觉，妈妈带我到早就准备好的房间，关上窗，拉上窗帘，房间陷在黑暗里。我一头钻进被子里，她在床边坐了一会儿，轻轻地拍拍我的后背，什么也没多说，走出去，在身后关上房门。

这一觉我睡了很久，久得足够忘记自己身在何处，忘记今天是几几年几月几号星期几。惘然地，我好像又回到了许多年以前，那个初秋的早晨，那间半地下室，我第一次在林晰的床上醒过来，他按掉闹钟，为我做早饭。如果真的可以回到那个时刻，我愿意做很多很多事情。如果真的可以，我要从那个时刻开始爱他。但当我睁开眼睛，看到的却不是那间干净利落的灰色大房间，而是完全欧式风格的卧室，屋顶很高，布置得颇有古韵，带着点儿象牙色的华丽。

我爬起来，走到窗前，拉开窗帘，外面天已经黑了，对面的房子里亮着灯，路上行人、车子来来往往，透着种傍晚时分的悠闲劲儿，时间应该还不是很晚，我的时差好像越调越乱了。

房门外面传来很轻的音乐声和说话的声音，如果我愿意，只要推门走出去就可以了，某种巴黎式的生活就开始了。但我不能，不想，也不愿意走到灯光下去，不想让人看到我，跟我讲话，似乎所有娱乐谈话音乐都是与我无关的。接下去的三天，我都躲在黑暗的卧室里，喉咙哽咽，胸口闷到窒息，即使在晚上也只点亮角落里一盏暗玫瑰色的落地灯。我不知道林晰此刻身在哪里，会不会也在河的这一边？也不知道他在干什么，和谁在一起。不知道，却又禁不住要去猜想。

我一直盼着能从妈妈那里听到有关林晰的事情，但始终没有任何有价值的消息。没有人知道他在哪里，甚至没人听说过他最近来过巴黎。朱子悦好像也消失了，确切地说是已经消失一段时间了。去年十二月的一次不太成功的摄影展之后，她就离开了巴黎。她的大儿子在这个城市生活，做普通的工作，有个普通家庭，很少和母亲联系。小女儿最近刚刚成为律师，为既没名气也没钱的年轻艺术家打知识产权方面的官司，几乎不赚钱，辗转在欧盟各地，行踪不定。而林晰似乎真的跟那个奇异的、丑陋而又美丽的女人一起从这个世界上消失了。每次想到这里，我死气沉沉的心就会一下子抽紧。

时间渐渐过去，妈妈的耐心磨光了，开始自以为巧妙地转移我的注意力。她带我去美发沙龙，去按摩，去做指甲。我又被打扮起来，在镜子前面重新变成正常的时髦女子，从头发梢到脚指甲都有文章可做。我从前就不算很朴素，却也是第一次知道身为女人竟然有那么多麻烦的事情，全套演练下来，根本无暇去顾及其他，甚至连想一想的时间都没有。我变得高兴了一点，被介绍给几个年轻人，有男有女，都跟我说着带法国口音的英语。我们一起打了两次网球，参加了一个畅销书作家的读书会。其中一个男的，和我差不多的年纪，看起来有些腼腆，但长相还算不错。他带我游览了巴黎，一起吃饭，晚上又约我去看电影。在他提出那个邀请之前，一切都很好、很愉快，我却还是回答："谢谢，对不起，我恐怕不能去。"有些事情在记忆里印得太过深刻，不停地在任何不期的时刻涌上心头，让生活几乎没有办法继续。

那天晚上，我在床上躺了很久都睡不着，快十二点的时候，妈妈敲门进来，穿着浅灰色的睡衣躺到我身边来。距离上一次我们这样睡在一起，不知道隔了多少年。我又哭起来，泪腺像坏了的水阀漏了的水龙头。我头枕着她的手臂，靠在她身上，吸着鼻子说："我再也不要爱什么人了。"

她搂着我的肩膀，笑起来："胡说，你才多大？二十五岁。你还会爱的，可能还要爱很多次，最后得到一场足够好足够久的爱情。"

"但是我不能爱其他人了，我心里全是他，赶都赶不走。"

"那就不要赶走他，让他在那里。时间会让他走，或者改变他在你心里的样子。"

我摇头，不相信自己会忘记他，沉默了很久之后又问：“他会回来吗？”

妈妈似乎已经睡着了，又从浅浅的梦里醒过来，轻声回答：“可能会，也可能不会。不过在这段时间里，你最好好好地过。他一定是去做一些他想做的事情，而你也应该去做你自己想做的事情。”

我想，如果林晰真的是去做他想做的事情，那么他一定是去看那些他从没去过的特别美丽的地方。他很久之前就说过的，一直都没去成，只因为我。那么，我想做的事情又是什么呢？

可能许多人都跟我一样，小时候总是觉得将来长大了，会做一些特别的事情。我不确定那会是什么，但一定不是考注册会计师资格，面对许多数字，写大同小异的报告，也不是变成诡异妖艳的女子同各种各样的人调情。长大之后，我第一次认真地开始考虑这个问题，在所有适合或者不适合思考的地方出神地想：咖啡馆的落地窗后面，电车上，河边，浴缸里，商店女装部的试衣间，列车轰响而过的地铁站台……

六月来临的时候，我两个礼拜的假期快结束了。眼前这个城市从五月份断断续续的罢工当中恢复过来，阳光明媚，露出一点夏天的影子。而我也有了自己的决定。这个决定仅仅缘自一份私立大学的课程目录，皱巴巴地扔在地铁站绿色的塑胶座椅上。六月十二日，我回到纽约，在最后期限之前往那所学校寄出了申请，在夏天来临之前收到录取通知。十月份，我就会在巴黎开始读一个为期一年的研究生课程，英文授课，课程的名字是“Gestion des Projets Culturels（文化事业管理）”。

我根本不知道自己为什么会选这个课程，也没有想过毕业之后要做什么事情。介绍上说拿到这个学位的人大多从事艺术事业或企业机构管理，而这可能，仅仅是可能，会把我带到我想要到达的地方去。于是，我像一个理智的成年人一样开始着手结束我在美国的所有，同时也像一个充满梦想和激情的孩子朝着不可知的方向出发，去做一些自己真正想做的事情。

到那个时候为止，我工作了差不多两年时间，在林晰的督促下，存了一年零九个月的钱，银行户头的存款和基金余额，总共竟也有几万美元。七月、八月继续工作，还能拿两个月的薪水，而且不用付房租，省一省还可以节余下一些。加上卖掉车子家具的钱，三分之一用来付学费，余下的可以够我在巴黎一段时间的生活。

七月交了辞职报告，八月份，我开始处理剩下的一些东西。林晰留下的车子在二手市场六千元卖掉，家具和电器在网上登了广告半卖半送。衣橱里几十个包，上百双鞋，数不清的衣服大多不能带走，我把梅森叫来，让她看中什么就拿走。她一头钻进去，一边翻一边叫，“老天，普拉达，阿玛尼，浪凡，又一件普拉达……他对你可真好啊。”

“都是我自己买的。”我仰面倒在床上回答她。

“别开玩笑了，你赚多少钱？”

我想争辩，但恐怕她是对的，不管林晰嘴上是怎么说的，不管我是不是在努力工作，我自始至终都在他的宠爱里生活，而他做得又是那么不知不觉，让我可以继续又骄傲又自我。

梅森最终做了件让我吃惊的事。她只拿了一只垂涎了很久的红色漆皮肩包。其他的东西，她说，凡是我带不走的，她会帮我拿去二手店卖掉，并且让我留给她我在巴黎的地址，她拿到钱之后会把支票寄过去的。我有点意外，一时间没有反应过来。她看着我，拉拉我的头发，说：“傻瓜，你接下去有段时间不能工作了，需要多一点的钱。”尽管对是不是真的能收到这笔钱还心存怀疑，我还是抱着她流了一地感动的眼泪。

两个多月之后，我已经在巴黎安顿下来，几乎忘记这件事情的时候，妈妈转交给我一封发自美国的邮件，信封里装的是一张生日卡，折页上写着：“丫头，你真的老了！”中间夹着一张灰绿色的支票，数额甚至超过我原先的估计。我突然觉得内疚，发现自己从一开始就有点看不起梅森。我总是因为这样那样的偏见，辜负一个又一个朋友。

就在我收拾家当准备离开美国的同时，周君彦和霍德森的那个“商业计划”也渐渐浮出水面。

五月底，英华锦新停牌一周之后，公告了原董事会主席韩新华及涉案的高管不再担任原有职务的消息。但是因为可能存在的诉讼风险，复牌之后股价仍旧一路走低。公司上下一片凄惶。而就在这个时候，霍德森酒店集团抛出了一个条件不太优厚的收购计划，没花多大代价，没费什么周折就把英华锦新一口吃下了。

新上任的首席执行官也是霍德森的旧部，不久之后，就在一次有媒体出席的公关活动上隆重推出整合计划。霍德森集团原先仅在中国内地的一线城市开了几家酒店，都是五星级，全部坐落于市中心的闹市商业区。而英华锦新的生意大多在大城市的市郊、中小城市市中心，以及一些旅游风景区，酒店的等级从两星到五星不等。两者可以说是完美的互补。整合之后，这些酒店都会由霍德森集团国际化的专业团队管理，悬挂统一的集团标志，同时又清楚地分级：两星级的经济型快捷酒店，三星级适合家庭旅行的度假酒店，四星级商务酒店和五星级豪华酒店。而其中四家坐落在海滨或湖边的度假村将会改头换面，成为主推水上运动概念的豪华度假村。

“这四家酒店将由一个曾经在洛杉矶和迈阿密有丰富豪华度假村经营经验的团队管理。”主持人在台上讲得激情洋溢，“这个团队的领导人是一个优秀的运动员，密歇根大学的荣誉毕业生，才华横溢的中国青年——周君彦先生！”

然后，电视屏幕上便是此人风度翩翩地迎着追光灯上台，跨踌满志的讲话的镜头。我对着电视机，意外地发现自己已经可以淡然地面对这样的场面。心里很清楚，这个人与我再也不会有任何关系。

我在八月三十日离开纽约，走之前的那个晚上，给了大楼管理员一个两百美元的大红包，写给他我妈妈的地址，拜托他万一收到邮件千万千万帮忙转寄到巴黎。然后又给手机里所有的联系人发消息告别，告诉他们我要去巴黎。总之是希望留下线索，好让林晰回来的时候能找到我。再渺茫，也是个希望。

消息发出去，陆续接到几个告别的电话，同事、同学、朋友，有问我去干什么的，也有祝我一路平安的。临睡之前，电话又响了，接起来竟然是霍德森，也不例外地问我去干什么，几点的飞机。我一一告诉他。他回答说不能去送我，因为明天那个时候有会议要参加，不过他会在机场的网站上看着我坐的那个航机起飞的信息。我对他说了声谢谢，以为那会是最后一次和他讲话。

挂掉电话，我环顾四周，房间里已经空空荡荡，剩下的只有一张五尺宽的床和其他一些不能提前处理掉的东西，明天也会送给那个做清洁的大妈。七年的生活打包成一个三十二寸的箱子，一切仿佛又回到原点。如果真的可以，我倒真的希望能回到原点——多年前的那个九月，不到十八岁，独自一人拖着箱子，走出肯尼迪机场的国际到达处，一个穿着灰色毛衣和牛仔裤的人叫着我的名字，朝我走过来。如果真的可以重新来过，我会做一些不一样的决定，在一切都太迟以前。

在纽约的最后一天，我四处闲逛，胡乱拍了很多照片，走累了就坐在公园的长凳上吃掉一个香草冰激凌。下午三点钟回到公寓，一个人把大箱子和一个二十寸的拉杆箱拖到楼下。管理员不在，我把钥匙装进一个信封，写上房间号码，塞进门房的门缝里，然后在门口拦下一辆出租车，告诉司机到机场去。车子在路口转弯的时候，我忍不住回头看，这条熟悉得不能再熟悉的宁静的小马路，路两边的行道树是一棵又一棵的豆梨，春天一树的白花，秋天黄色、橙色、红色的枯叶落下。我有点不相信，自己真的就这样走了，永远地离开这里，心里禁不住一颤，会不会有什么东西落下了？

原本时间算得很宽裕，但路上有点堵，到达机场的时候已经不早了。我付了车钱，下车去拉了一部行李车，然后又手忙脚乱地跑回堆在路边的箱子旁边。跑得太急了，右脚的鞋子从脚上掉下来，落在身后一步远的地方。一只男人的大手扶住我，手的主人说：“别着急。”然后俯下身，一手握着我的脚腕，一手帮我把鞋子穿上。

我低头看那个人，居然是霍德森。

“你不是说要开会吗？”我有点惊讶，他会是我想到的最后一个可能来送行的人。

“经理们总是可以等一等的。”他回答，又扬起一边嘴角，露出那样的笑容。

“我怎么也想不到会是你来送我。”我说的是大实话。

“我就是不愿意让刚才那个讨小费的出租车司机成为纽约最后一个和你讲话的人。”他半真半假地解释，帮我把箱子放到行李车上，又笑了笑问我，“抱一下好吗？”

我也笑了，朝他伸出手臂。他轻轻抱了抱我，说了声“Bon Voyage（一路顺风）”，跟我告别。就这样，他成了纽约最后一个和我讲话的人。我看着他转身走掉，坐进街边一辆黑色轿车里面，突然有种顿悟，可能所有人内心里都跟看起来的样子不同吧？当然，“所有人”也包括霍德森。

九

/

林晰的情书

/

我说了，我爱你，虽然晚了，我还是说了。

对不起，为了所有的一切。

到达巴黎的第一个礼拜，我仍旧住在妈妈那里。虽然预算并不宽裕，也不会讲几句法语，我还是试着出去找一个合适的小公寓租住。妈妈给了我一个地址，说是帮助学生找房子的机构，去了那里却是碰壁。我好不容易磕磕巴巴地把酝酿了很久的一句法语说出来："Je suis en train de chercher un appartement."（我正在找房子。）得到的回答却是：私立学校的学生不在他们服务对象之列，而且已经是九月份，大多数合适的房子都已经租掉了，我的希望实在是渺茫。不过，看我失落地走出去，那个值班的小男生还是很好心地提醒我，可以去学校问一下，一般都会有本校的学生找人合租的信息。

于是我先去办了入学手续。学校坐落在城市西面一个星型区域向东伸展的触角上，十月份开学，还没有什么人，公告栏里也空荡荡的。房子还是没有着落，我没放弃，回去之后就在一个又一个留学生网站的论坛上找出租房信息。有合适的，就打电话过去约时间看房子，前前后后看了好几个地方，始终不是太贵，就是条件太差，或是已经租掉了。

一直等到九月中旬，我看到一则寻找合租人的信息：两间卧室的公寓，一个上海来的女孩子一个人住在那里，想要把其中一个十二平方米的房间分租出去，宽带、有线电视和一干家用电器都有，还可以申请房屋补贴，扣去补贴之后的房钱实在是非常便宜。只是地方很远，已经出了南面的城门，好在走十来分钟的路就有一个地铁站，交通还算可以。我去看了一次，房间看上去很干净，摆着几件明显购自宜家的简易家具。合住的女孩子人很不错，胖胖的，在一所商学院读书。我当场就决定这房子我租了，回去跟妈妈一讲，却被好一顿埋怨，地方太远，治安不好，而且是合租。

“你还不如就租我这里一间屋子。”她这样说。

“恐怕我出不起房租。”我回答。

妈妈有点生气了，没有接口，转身走开了，过了很久才来跟我讲话：“你是不是还在怪妈妈，在你小时候离开你？”

“没有。”我看着她，很认真地说，“真的没有。”

“那为什么不肯住在这里，我从前没有为你做什么，现在都可以补上。”

“你怎么没有为我做什么？”我笑着抱住她，脸贴在她的脸上，说，“我眼睛像你，脸架子也像你，就为这个，不知道多少人羡慕我。”

她也笑起来，然后喃喃地说：“你长得也很像你爸爸的。”

我说："对，也像爸爸。"

她没有再坚持，可能是懂了，我不是不想跟她在一起，而是我想要过某种独立的生活。我很想告诉她，林晰跟我说过，我父母对我的关心，比我认为的要多。我渐渐知道这是真的，不过，还是没跟妈妈说过。因为，有关于林晰的记忆如今显得那么遥远而珍贵，我有种近乎荒谬的念头，舍不得和人分享和他在一起的点滴，也怕一旦打开回忆的阀门，就会停不了关不住了。

两天之后，我搬去那个市郊的住宅区。那里没有乐队，没有舞会，没有歌剧院和香槟酒杯，巴黎开始褪去玫瑰色的光晕，展现在我面前的是真实完整，同时又有点残酷、有点丑陋的城市，许许多多普普通通的人生活在其中，悲伤快乐，相聚又分离。所有的一切都像柯罗的画那样真实，不会为了讨好游客的眼睛润色些许。我在心里默默地想，许多年以前，初到这里的林晰看到的应该就是这样的巴黎。

新公寓两室一厅一厨一卫，20世纪90年代的建筑，设施不差。唯一的缺点就是地段，那个地方是巴黎南郊一个人口密集的居民区，聚集了很多非洲裔和阿拉伯裔的移民家庭，街头遍布失学的少年和待业的年轻人，男孩子女孩子们穿着俗艳的衣服，不论年纪多小几乎都吸烟，满嘴脏话和美国电影里学来的切口；超级市场里充斥着廉价商品，相邻的服装店里售卖十几二十块钱一件的粗制滥造的衣服，最大的号码一直到五十八号；坐电车或是地铁，几乎总能碰到逃票的人，如果有好管闲事的人指出来，他们仍旧一副无所谓的样子，说："Pas de sous（没钱）。"

管闲事的人追问："没钱为什么不去工作？"

"找不到工作。"继续无所谓。

"好好读书就能有工作。"管闲事的人继续教训。

逃票的青年人认真起来，说自己念完高中，考过会考，还有职业教育文凭，但就是没有工作。

车厢里有几个老人，看年纪像是一九六八年戴高乐时期的叛逆青年，义愤地说，"那你们应该上街游行啊！"沉默了一阵儿，"Manifestation（游行）"，"Dans la rue（走上街头）"这些个词儿开始在人群里此起彼伏不绝于耳。

一切看起来的确有那么点落魄的特别，与塞纳河两岸那些古老建筑里的精致生活截然不同，没有穿着笔挺制服的门童，袖口上一溜金色的铜扣，没有铁塔的倒影，没有保证五天盛放花期的玫瑰，不过，我还是住了下来。三十二寸的箱子里，林晰为我画的那幅油画包裹在牛皮纸和一条红色线毯里，占了很大地方。拿出来，打开，挂在卧室的墙上。然后去附近的超级市场买被子枕头日用品，从店里出来正好赶上一场大雨，天气灰暗清冷，我在高架路巨大的水泥穹顶下面等着雨停。晚上，依旧是一整夜不停歇的雨，我忘记了关窗，电脑摆在靠窗的写字台上淋了透湿。拿去修，说修不好了，最多只能把硬盘里的东西备份出来，一周之后一个移动硬盘交到我手里。

我去店里买了一台新电脑，打开移动硬盘里的东西来看，其中一个文件夹里全部是word文档，有我找工作的时候写的简历、求职信，以及上班之后工作上的一些文件，我一个一个打开来看，感觉就好像坐上一部时间机器。再看下去，一连几个都是概率和统计学的公式和习题，都是林晰写的，时而一本正经，时而插科打诨，给我解释正态分布和普阿松定理。这些东西，在寄宿学校的时候，他讲过一遍，读大学的时候又一字一句地写给我，我却从来没有真正记住过。而那一天，透过泪水，我重新看每一句话，都印在了心里。

十月三号开学，我赶在那之前去警察局换了法国驾照，又花了几千欧元买了一辆二手的雷诺。到了开学的那一天，却发觉学校所在的地方很不好停车，马路边上的车位很少，运气不够好的就要停到两条街之外的一个停车场去，再步行十分钟走回学校。

上午先是主管这个课程的教授讲话，此人竟然姓“Bouche”，读起来跟“布什”一样，字面意思是“嘴”。“嘴先生”长得瘦小狡黠，简单地说了一下这个课程从20世纪80年代初至今的发展，具体有哪几门课，怎么考试，通过率多少，看上去像是个很不容易对付的人。他讲完之后，秘书把书单和课程表发下来。我们这一级总共五十几个人，年龄从二十二三到五十多都有。“嘴先生”随机请人上台介绍自己，把每个人的职业和教育背景都嘲笑几句，不仅不好对付而且还挺刻薄的。

正想着就听到讲台上传来怪怪的发音：“Chen-g Wen-ne Jin-ne.”全班只有我一个中国人，听起来只可能是我的名字。而且我早料到他会叫到我，因为前面一个发际线稍稍靠后的男同学介绍说自己是会计师，“嘴先生”听了就一本正经地问：“是不是会计师协会规定了会员一定要秃顶？”我没忍住，撇撇嘴白了他一眼，一定被他看到了。

我朝他笑了笑，大大方方地走上去，抬头看着不大的阶梯教室里的陌生人，报了自己的名字，然后说：“我原本想说实话，但生怕布什先生来拉我的头发看看是不是假发，所以我决定假装是个模特，看看他会怎么讲。”

大家都笑了，布什也笑了笑，说模特是他今天听到的和“文化事业”最有关系的职业了，低头看了下花名册，抱怨了一句：“您的名字太难读了。”紧接着问我，“艾格涅斯·丁恩小姐（英国模特），您为什么来读这个课程？”

我愣了愣才知道他随口扯了个模特的名字，其实还是在叫我，更加搞不懂他为什么会把那个金发的朋克妹跟我联系在一起，我是黑发，穿得很斯文，回答问题也很认真：“我想做一点不一样的事情。”

他点点头，说：“这个答案很好，不过希望您能通过考试。”

我说：“谢谢，我会的。”

散会之后，同班的人差不多都记得我了。一帮人聚在走廊里聊了一会儿天，有人说起那张书单，上面列着五六本上课要用到的书，大多都是二十几欧到四十欧不等，有一本《西方艺术史图鉴》贵一些，要差不多一百欧元。我说，不如团购好了。很多人响应，当场就写下三十几个人的名字来给我。于是我这个不会说几句法语的人给自己揽下了第一个要组织、要谈判，还要讨价还价的活儿。几天之后，任务完成了，出人意料的顺利，单子上大多数书都跟书店谈定了八折的价钱，最贵的那一本直接跟出版社买，七五折送到学校里。可能就因为这样，一周之后我被选为Chef de classe，也就是班长，上幼儿园以来第一次当上了班干部。

就在我很滋润地读着书，学习安格尔、莫奈、马蒂斯、高更和康定斯基的时候，妈妈告诉我，朱子悦回到巴黎了。

妈妈在电话里说，朱子悦换了发型，剪短了头发，正在准备一个名叫“La Vision（视角）”的摄影展，然后顾左右而言他：“你说我也剪个短发好不好？看上去会不会年轻点？”

“不要剪，剪短了就是彻底投降，承认老了。”我刻薄地说，憋了半天，终于问了一句，“林晰有没有一起来？”

“没有吧，没看见他。”她也不确定。

那个摄影展的广告已经在当天报纸的文艺版上登出来了。海报上是一张风景照，黎明的乡村，透着点晨光的灰色天空，下面是树林和波光潋滟的河流。晦暗的晨光里所有东西都不是原有的颜色，画面上只有不同色度的灰。树木的间隙有一个很小的女人的侧影，小到几乎会被忽略，很暗，看不清面貌，几乎就是个剪影。但是，很奇怪，你就是会看到她，而且看到了就再也移不开视线了。照片的下面用白色的小小的黑体字印着摄影展的题目、时间、地点和摄影师的名字。而那个名字不是朱子悦，是X. Lin。

“给我朱子悦的电话号码。”我拨通妈妈的电话，很干脆地讲。

妈妈也没说什么，报给我一个固定电话的号码，随即解释：“她不用手机的。”

真的拿到手又犹豫了，不知道应该说什么，如果他们真的又在一起了，如果林晰根本不愿意见我怎么办。已经四个月了，他一直没有找过我！正好手头在做一个作业，我自言自语说等写完了再打，结果怎么也写不下去了。看看时间差不多晚上七点，又觉得人家可能在吃饭。最后磨蹭到八点半，终于拨了那个号码。铃声响过三下，我差不多要挂了，害怕听到的就是林晰的声音，但再等下去却一直没有人接听。那个晚上，我又打了三次，始终无人接听。

电话打不通反而给了我一点火气和勇气。第二天上午，照着广告上摄影展的地址，我这个变成旧爱的新欢坐了四十分钟的地铁进城去见那个可能成为新欢的旧爱。摄影展办在圣日耳曼大道一个颇为风雅的地段，一栋老房子的二楼，底楼是个画廊。上到二楼，展厅的门开着一小点，看进去里面有人在忙着开箱布置展品。我推门进去，一个年轻女人走过来，问我要干吗，我说我找朱子悦。正说着，一个卷发的姑娘朝这边走过来，对我说了声“Salut（你好）”，然后又换成英语：“嗨，你好吗？”

是朱子悦的女儿。我记得她，但是说实话，她的名字，林晰告诉我之后两秒钟我就忘了。就像是你的老板靠你整理文件，需要的时候只要说一声：“小张啊，那个谁谁谁给银监会的信给我找出来。”两分钟之后信就有了。那个时候，我也总觉得这些名字都是不用我自己记的。

还好卷发姑娘很主动，笑着解释：“我是贝内，我们在米兰见过一面的。”

我赶紧点头，说我记得我记得，随便跟她扯了几句天气啊巴黎啊的闲话，然后故作轻松地问：“林晰在吗？”

她愣了一下，好像完全不明白我怎么会这么问。

“这个不是他的摄影展吗？”我心里有点怕了。

“没错，不过照片都是邮寄过来的，摄影展是我妈妈坚持要办的，他拍这些照片的本意不是为了公开展览。”

“他不在巴黎？”

“五月份来过一次，从这里坐火车去罗纳—阿尔卑斯地区，我妈妈那个时候住在乡下。照片就是那段时间拍的。”

我张了张嘴，不知道再说什么，他们真的在一起了。贝内看看我，搂着我的肩膀，把我带到门外的走廊上。

“你们怎么了？”她问。

我不知道她干吗还这么问：“我们分手了，五月份他从法国回到纽约就分手了。”我终于说出来。

她轻轻地“哦”了一声，过了一会儿才说：“我不知道该怎么说，不过我叫他来法国的本意，只是让他扮演一个匿名的仰慕者，好给我妈妈鼓鼓劲儿。去年冬天开始，她不是很好，情绪上的，有些抑郁。”

“不管怎样，我想见见他，他跟你妈妈在一起吗，或者你知道他在哪里吗？”我考虑了最坏的可能，假戏成真了。

贝内看样子并不太清楚后面发生的事情，她告诉我下午朱子悦会来这里，我可以和她谈一下。

那天下午，我在附近的咖啡馆见到了朱子悦。她果真把头发剪了，短到齐耳，显得脸型不那么好看，但神色还是像从前一样从容，说不上高兴，也看不出一点抑郁的样子。招待跟过来问要什么，我糊里糊涂地点了一杯黑咖啡，虽然胃肯定会不喜欢，但还是习惯性地拿起杯子喝了一口，在舌尖上留下那么一点混杂着杏仁香气的苦味。

朱子悦先开口了，第一句话就出乎我的意料，她说：“我也正要找你，有一些东西要给你。”

我问她是什么。

“Lettre d’ amour（情书）。”她回答。

我看着她，等她继续讲下去。

“林晰写的。”她说，抿了一小口咖啡，笑了笑说，“开始他还演得不错，像一个真正的仰慕者，悄悄跟在我身边，暗地里拍我的照片，然后匿名寄给我，照片的背面总是写着几行法语的情话。不过，我无论如何也认得出他拍的照片，这个表面上现实主义、骨子里无药可救的浪漫主义者。后来事情点破了，他仍旧给我寄信，寄给我的，每一封都没有抬头，不过我知道不是写给我的。”

“他人在哪里？”我打断她，我不管那些信是写给谁的，我要的是他。

“老实说，我不知道。”她回答，“我一直没见过他，贝内五月份见过他一次。他本来说不愿意再管这里的事情，后来突然又来了，待了一个多礼拜就走了。我猜他在旅行，因为那些信上的邮戳没有一个是相同的。”

我低头看着自己的手，安静地放在棕色的硬木台面上，左手上的戒指在阴天里没有了火彩，只偶尔漾着一点迷离冰冷的水光。朱子悦让贝内回家一趟，半个小时之后，把一个牛皮纸信封交到我手上，里面有十来封信，最上面的两封拆了，其他都原封不动。信封上全都没有寄信人的地址，邮戳日期最近的信是两周前发出的，朱子悦告诉我，她查过信封上的邮政编码，是布宜诺斯艾利斯的北山地区，不过他现在肯定已经不在那个地方了。

拿到那些信的时候，正是下午咖啡时间，咖啡馆里的人越来越多。我谢了她们，逃一样地走出去，钻进最近的一个地铁站，在蓝绿色瓷砖铺就的逼仄的穹隆下面，列车在很远的地方轰响着不知道去往哪里。我打开一封已经拆开的信：

Mon coeur , ce que j' aimerais tu es dans mes bras en ce moment précis. C' est peut-être bête à dire mais je m' y sens en sécurité aussi. Je ne comprends pas pourquoi ça a fini comme ça, que j' ai partie à l' autre bout du monde. Mais je n' y pouvais rien. Tu es partie faire ta vie avec quelqu' un d' autre...

宝贝，我希望你此刻就在我的怀抱里。说出来可能很傻，这样也会让我感到安全。我不知道为什么会这样结束，让我去到世界的另一边。但我还能怎样，你要开始和另一个人的生活……

我再也忍不住，眼泪不断地落下来，浸湿了那张仔细地从一本速写本上裁下来的白纸。

Un jour je t' ai vu, tu etais encore une adolescente avec les yeux cools et des rêves pleins la tête. Mais, j' ai senti que tu étais ce qu' il me fallait. Je commence a découvrir une vie differente jour après jour auprès de toi, comme je ne l' avais jamais connu. J' ai tout fait pour t' avoir et je t' ai eu, tellement je t' aime, quoi qu' il arrive. Mais, Je t' ai eu, j' ai peur de te perdre.

我最初看到你的时候，你还是一个有着一双酷的眼睛，满脑子梦想的孩子。但是，我就是觉得，你是为我而生的。一天又一天，我在你身边发现不一样的生活，就好像我从来不知道有这样的生活。我这么爱你，我不管会发生什么，我做所有事情，只为了得到你。但当我得到了，我又害怕失去。

Tu sais, Je saisis maintenant beaucoup mieux l' amour que j' ai pour toi. Il y a beaucoup de traits de caractères chez moi meme que je retrouve en toi. C' est peut-être la raison pour laquelle je me sens si bien avec toi. Tu sais, quand il m' arrive une chose bien ou que mon esprit est libre de toute pensée négative et rempli de bonheur, je savoure l' instant. C' est comme après avoir fait l' amour avec toi, c' est très important pour moi de rester contre toi, sentir les battements de ton coeur, t' entendre dire “je t' aime” Du moins, je suis très sensible à ce que tu dis sur moi, et ce que je l' avais lu dans tes yeux.

你知道吗，我现在看得更清楚，我对你的爱情。你身上有许多东西和我很像，可能正因为这样，和你在一起让我感觉那么好。你知道吗，当好事情发生在我身上，我总是不自觉地往坏的地方想。就像在和你做爱之后，和你在一起感受你的心跳，等你说“我爱你”，对我是多么重要。至少，我太敏感，你对我说的话，我在你眼睛里读到的东西。

Si tu savais. Peut-être que je n’ai pas la meilleure façon de te dire que je t’aime; peut-être que je suis chiante par moments; peut-être que je suis jalouse et impulsive... Mais tout ça pour te dire, mon cœur, que je suis folle de toi, et peut-être que je n’ai pas pris le temps de le dire. Mais voilà, je te le dis: je suis amoureuse de toi, même si c’est trop tard, je le sais, mais je le dis quand même.

Sorry pour tout.

如果你能知道的话，可能我不会再有更好的机会对你说我爱你；可能有的时候我很糟糕，可能我又嫉妒又冲动。不过所有，宝贝，都是为了对你说我爱你，我一直都没有花时间去说。但是现在，我说了，我爱你，虽然晚了，我还是说了。

对不起，为了所有一切。

那天晚上，我没有回自己的公寓，在妈妈那里住了一夜。我无法一个人面对这些句子，特别是在黑暗里。他还爱我，而且从一开始，就爱的比我想的要多得多。但此时，他却身在天涯，完全不知道我心里的感觉，以为我已经开始新的生活。

“他为什么要离开我？”我脸蒙在被子里流眼泪，说得语无伦次，“他还爱我，他写信，却不是寄给我的。他可以什么都不要管，告诉他要我，我哪里都不会去，我会永远跟他在一起的。”

“他爱的不一样。”妈妈说，然后打趣道，“Les artistes sont les nouveaux aristocrates。艺术家们是新贵族。总是爱做些拐弯抹角的事情。”

“他什么都不知道，他误会了，如果他不来找我，我也找不到他，我们就再也见不到了。”

“巴拿马，加拉加斯，布宜诺斯艾利斯，珀斯……他在环游世界，地球是圆的，他总有一天会到巴黎的。到那个时候，他会看见你比他离开的时候更漂亮，比从前更好更懂事。”

“哪一天？”我固执地问，当然这是个没有答案的问题。务实的英国人福克花了八十天环游地球，超现实主义者格列佛花了八年，那么林晰——这个表面上现实主义、骨子里无药可救的浪漫主义者需要多长时间？

林晰的摄影展在十月的第二个星期六开幕。我去了，一个人。所有的照片粗看都是风景照，却都远远地小小地藏着一个朱子悦的影子。La vision d'amour，爱的视角，似乎是个很好的卖点，开幕当天很多人来参观，遗憾地发觉没有摄影师本人出席。现场放着些白色的花篮，不明就里的人还以为是遗作展览。

离开那里之后，我独自走在入夜后的街头。一阵风吹起，寒意突如其来，街上的行人都不约而同地扣紧了衣服、加快了脚步，我却在玛比隆地铁站入口处的台阶上突然站定，那个瞬间，我第一次清楚地意识到，现在，唯一指向他行踪的线索也断了。眼泪止不住地落下来，开始是热的，很快在风里变得冰冷，我手忙脚乱地在包里找纸巾，怎么都没找到，最后还是一个过路人递给我一张，我没有抬头，说了声“谢谢”，擦掉眼泪，走进人流里。

哭过之后，我意外地发觉自己仍旧有勇气和力气去做每天要做的那些事情——上课、读书、参加小组学习、做饭吃饭、打扫房间，等等等等，或许这就是所谓的“长大”吧。而与此同时，我又有了新的麻烦。原以为很好相处的新室友一声不响地把房间转租给了其他人，一直到搬家的当天才通知我：从明天开始你就要和一个男人同住。

第二天，男人搬进来了，告诉我他名叫华胜杰，二十一岁，刚刚大学毕业，来法国读建筑的，下飞机的时候身上只有几百欧元，等着不知道什么时候才能拿到手的地区奖学金。我有点惊讶自己竟然能在这种情形下，心平气和地帮旧室友搬家，友好地说再见。第二天又主动向新室友提出来，星期一早上陪他去银行开户，只因为他几乎听不懂法语，也不认识路。我想，我可能真的是变了。

我清楚地记得华胜杰搬进来的那天是十月二十五号，因为，就是在两天之后，一则看似微不足道的新闻报道在法国各地三十多个城镇引发了将近三周的骚乱。十月二十七日晚间，巴黎北郊的克里西苏布瓦市，三个男孩为躲避警察追捕，在一处变电站内触电，其中两个当场死亡，另一个重伤入院。警察在随后召开的媒体发布会上否认曾追捕这三名男孩，声称他们去当地是为了调查一起抢劫未遂案。事后，几百个愤怒的青少年走上街头，焚烧汽车和垃圾桶，打砸商店，袭击了一所消防站，并与警方发生冲突。随后的一个星期里，骚乱迅速蔓延到巴黎市郊各处。

我住的那个街区也有不少半大孩子效仿那些住在城市北面的先驱，每天早晨出门都能看到被烧毁的汽车、垃圾桶，被砸得粉碎的公车站和商店橱窗。我并没觉得害怕，只是为了保险起见，几个礼拜都没洗车，存心弄得又脏又旧的样子，只穿洗褪了色的旧运动衫出门。那段时间，妈妈三天两头打电话过来催我搬家。我敷衍着答应了，却一直拖着没搬。不知道为什么我就是担心那个二十一岁的小华，可能因为他是林晰的校友。他晚上要打工，在市区一家公司做制图，我每天晚上十点钟左右在地铁站等他，把他从那里带回家。

几天之后，我给他剪了一次头发，虽然剪得很不好，他却不介意，好像还很开心似的。也就是在那一天，我正拿着理发推子研究如何补救他耳朵后面一块剃坏了的地方，从镜子里瞄到一眼他的表情，方才想到自己是不是做得太过头了？不管后来如何保持距离，我隐隐担心过的状况还是发生了。十一月的第一个周末，法国各地的骚乱逐渐平息，新闻里终于看不到游行、催泪瓦斯和防暴警察了。而他做好一桌子的菜等我回来，告诉我他喜欢我。

于是，我只好搬家了。

找到房子之前，我每天早出晚归，尽量减少跟我那个男室友的接触，有的时候晚上有课，就背着个行李袋，装了换洗衣服出来，去我妈那里过一夜。那段时间，我隔三岔五地出现在图尔农街那间顶层公寓里，有的时候事先没打招呼就跑去了。妈妈自然是没什么说的，难得的是囧叔也表示欢迎，看上去也不像假客气。有几次，我坐在客厅沙发上写作业，他看到了，会热心地跑过来帮我分析一道财务题目，或是侃侃而谈法国和美国会计准则的异同之处。我不禁有些内疚了，想到自己过去总觉得他太老太俗不够Chic（时髦别致），身上穿的衬衫总好像大了两个码似的，在巴黎和南特待了四分之一个世纪之久，法语仍旧讲得怪怪的，始终都搞不懂妈妈究竟看中他哪里了。接触多了，才渐渐发觉他似乎也是个很不错的人，脾气很好，很有些学识，为人处世也有风度。但内疚归内疚，我对他始终客气而疏远的。直到有一次，他看到我正在写一篇关于十八世纪威尼斯画派的作业，告诉我他最喜欢的画家是弗朗西斯克·加尔蒂。我惊讶地笑起来，拿给他看我一直当作书签用的一张明信片，上面印的就是加尔蒂的作品《威尼斯大运河》。在让·巴普蒂斯特·柯罗之前，这个威尼斯人大概就是欧洲大陆上最诚实真挚的记录者了。

一天早上去学校上学，停车的时候，遇到与我同班的几个人，刚好被他们撞见我大包小包的颠沛流离的样子，我自嘲地解释，原来的地方住不下去了，正在找房子。

一个男同学瞪大了眼睛，夸张地问我："你露宿街头了？！"

两个女孩子提出来，我可以暂时住在她们那里。

我谢了他们，很开心自己竟然变得这么受欢迎。静下来细想，又觉得自己在小华这件事情上，处理得实在是太小孩子气了，懂事一点的高中生也不至于这么不上路，更何况是老大不小的我。

于是，那天晚上，我又跑去他打工的地方找他，拉他去附近的小餐馆吃饭。看他一副不情不愿不尴不尬的样子，我心里也没底这事情要怎么讲才能既讲得清楚，又不伤面子。从晚上九点到深夜十二点餐馆关门，我第一次把过去八年里发生的事情说出来，告诉另一个人。我的叙述十分平静，没有掉眼泪没有哭，说到特别美好的地方会忍不住露出微笑。而他也安安静静地听着，跟我一起笑一起难过，时不时地问我："后来呢？"

出了餐馆，我们在深夜冷落的街头走着。小华对我说："如果他能听到你今天说的这些话，他肯定会回来的。”

问题就是他听不到呀。权且当是种安慰吧，我没有回答，转过脸去对小华笑了笑，开车带他回家。在我找到房子搬家之前，我们又做了几天的室友，后来也一直是朋友，经常一起出去喝酒或是看电影。

第二次在巴黎找房子，我的运气总算好了一些，花了不到五天时间，看了四五个地方就租到一间很好的单身公寓。那是栋老建筑，四层楼的一套大公寓隔成独立进出的三个小套间，租客都是学生或者刚刚工作的年轻人，层高很高，有三米五到四米之间。房间里有雪花石膏的小壁炉，有落地窗，还有一个黑色铸铁围栏的小阳台，从阳台上甚至可以看到巴黎圣母院的拱顶。

第一次走进那个房间，是一个多云天的下午，温暖的阳光从窗口照进来，在半旧的硬木地板上留下淡淡的光斑，那个情景似曾相识，就好像几千公里之外那个发生过许多事情的房间一瞬间又在这里重现。

我站在房门口，对着那扇落地窗出神地看了一会儿，然后转身对房产经纪说：“这里我租了。”

那个中年女人显然没想到生意这么快做成了，反而问我：“您不想先看看厨房和浴室吗？”

我这才意识到自己又犯傻了，不好意思地对她笑笑，又装出一副很懂行的样子检视了一下炉子和冰箱。当然，这个时候再想讨价还价已经晚了。

刚刚忙完搬家的事情，学校里就开始了一门要紧的课程。几乎所有管理学硕士课程都会有的，Creation d' entreprise（创业计划），也就是要做一个面面俱到的商业计划，这个作业延续整个学期，在总分里占很大权重，主讲的教授就是那个喜欢损人的布什先生。我绞尽脑汁想了很久，也没有太好的想法，于是就打算参加别人的小组。

就在交第一份计划书的前一天，我又收到朱子悦转寄过来的一封信，牛皮纸信封里面是一个白信封，没有拆过，寄自新西兰惠灵顿。信依旧是法语写的，一张从速写簿里撕下来的白纸，夹着一朵已经凋谢的晚香玉。

Un soir de printemps dans l' hémisphère sud, je t' écris pour te dire Bon Anniversaire. Tu as 25 ans aujourd' hui. Je ne sais pas par où commencer. J' ai tant de choses à te dire, et à la fois si peu.

这个南半球的春天的夜晚，我写信对你说生日快乐。今天你二十五岁了。我不知道从哪里开始，我有很多事情要告诉你，又好像找不到话来说。

Voici une fleur que j’ai cueillie pour toi. Elle t’arrivera fanée, mais parfumée encore, doux emblème de l’amour dans la vieillesse. Garde-la; tu me la montreras dans trente ans. Dans trente ans tu seras belle encore, dans trente ans je serai encore amoureux, comme aujourd’hui.

信里附上的花朵，到你手里的时候应该已经凋谢，但香气依旧。爱情在岁月里温柔的象征。保存她，你三十岁的时候拿出来看，那时你依旧美丽，而我依旧爱你，就像今天。

J’ai rêvé de toi: tu es venue me voir et j’étais vraiment bien auprès de toi, et on était tellement bien collés l’un contre l’autre. Je me sentais comme sur un nuage. J’aurais aimé être comme ça toute ma vie... Quand tu me regardais, je fondais devant toi. Le temps s’arrête sur tes lèvres, et je perdais tous mes moyens... je voulais que tu me serres contre toi pour sentir un courant passer entre nous; j’aimerais vraiment que tu sois la personne aux côtés de qui je me réveillerai tous les matins jusqu’à la fin de mes jours; je voulais être près de toi a l’éternité...

我梦到你：你来看我，我们如胶似漆，我觉得自己好像在云上。真想一辈子就这样下去。你看我的时候，我在你目光里融化，时间停在你嘴唇上，我全然没了方向。我想要你靠近我感受我们之间的热流；我想每天早晨醒来的时候，身边的人就是你，直到永远……

Au moment où j' écris ces quelques lignes pour toi, dehors il pleut des cordes. Mais malgré le bruit de la pluie je ne cesse de penser à toi.

写下上面这些句子的时候，外面在下雨。但雨声没办法让我停止想你。

Pendant longtemps je t' admirais, je t' aimais comme un ami, en silence, discrètement. Mais au profond, je t' aime comme une chérie. Peut-être, c' est plus profond que cela. Néanmoins, c' est la première fois que je ressens quelque chose d' aussi fort... C' est si étrange. L' attirance, l' envie, la jalousie, le désir de te toucher, de te sentir près de moi...

很长时间，我爱你，像一个安静有分寸的朋友。但从心深处，我爱你如珍宝。或者，比那更深。不管怎么说，这是第一次我对一个人有如此强烈的感觉，这种感觉如此陌生，吸引，欲望，嫉妒，想要触摸你的渴望，想要感受你就在我身边……

Penser à toi, t’aimer, t’envoyer mon cœur et mon âme.

想念你，爱你，寄给你我的心和灵魂。

Mardi - trois heures du matin, 15.11

星期二，凌晨三点，十一月十五日

我整夜都醒着，直到天快亮了的时候在电脑上写下一个突然出现在脑子里的名字：L’Espace XL。

第二天，我在学校阶梯教室的讲台上，简单地介绍了我粗糙得不能再粗糙的商业计划：L’Espace XL（超大号空间），为年轻艺术家和工艺师提供展示他们作品和创意的地方，同时提供生计、知识产权和市场行销方面的保护及帮助。

“非营利性机构？”布什皱皱眉头，问我。

我点头：“艺术家的会籍是完全免费的，机构主要依靠捐赠和展出收入运营。”

“你知道申请一个非营利性机构资格要做多少前期工作、填多少表格吗？还有许多审计上和税务方面的问题要处理。”

“是，我知道，但我想试一试。”我回答，心里的念头更是荒唐得堪比时空穿梭：我想要为多年以前，初到巴黎，发觉油画和让·巴普蒂斯特·柯罗不足以糊口的那个林晰做些什么。

布什点点头，要我下个月这个时候交给他一个详细的计划。

虽然不营利，而且大部分人读这个课程的真正目的是做公共关系或者艺术经理人，但毕竟这只是个模拟的计划，于是便有人觉得我的想法比单纯的售卖手工艺品，或是开办水彩画速成培训班更有趣些。到中午吃饭的时候，另外两个人加入了我的小组：尼古拉斯，读过法律；马蒂尔德，学设计的，并且会做网站。

于是，一切的一切就从那个下午开始了。这是一个奇妙的过程，和我从前做过的事情都截然不同。不同于普通的作业，不同于穿上零号衣服，站在圆形试衣台上发呆，让别人在你身上调整搭扣和卷边，更不同于在一个大机构里面，做繁杂但是从根本上与己无关的工作。

刚开始的时候，我并没有太投入其中。我们在马蒂尔德的公寓里开会，买来新鲜的长棍面包，自己做色拉，一起吃饭。然后在她家楼下的咖啡馆里喝咖啡，在午后的阳光里剥开银色锡纸，让黑巧克力在舌尖慢慢融化，说说笑笑，写下简单的五个步骤的计划。马蒂尔德做了网站的首页，加上我用Photoshop做的标志：黑灰色碳素笔的涂鸦效果。尼古拉斯搞定商业登记处的七页纸的申请表格。我在穆迪财务分析系统里做了头三个月的资产负债表、损益表和现金流量表，并做了财务分析……一切逐渐变得真实而清晰，真实而清晰得让你在未来某个时间点上会不舍得把它仅仅当成一个作业，在老师批过分数之后就随随便便地丢弃。

除此之外，其他的功课也很繁忙。私立学校的课程总是比公立大学排得更紧些，头半年里，周一到周五全天有课，每周还有三个晚上要上课，九点半下课，回家再看书写作业，总要到凌晨一两点才能睡下去。作业不是很多，但几乎每天都会布置很多书要读，几天工夫就会积下一尺高的资料和讲义。我庆幸自己搬了家，不至于下课之后还要花很长时间在路上。我很满意那个新地方，但好几个月过去了，却一直都没抽出工夫好好布置一下那里，用的还是房东提供的那几样简单家具——一套桌椅、一个老式的刻花衣橱，没有床架，只有一张最大号的床垫直接摊在地板上，三米多高的落地窗甚至还没有挂上窗帘。整个房间里唯一的装饰是那幅蓝色的画，没有镶画框，也没钉钉子，就那么斜靠在壁炉架上面。

一切从简，但很舒服，这样的环境还带来了一种类似于成就感的感觉，就好像我过着一种特别忙碌特别有意义的生活，忙碌到根本没时间顾得上这些细枝末节。有的时候，我甚至还会自嘲地想，自己看起来终于有点“艺术”了。

简陋、舒适或者艺术，不管究竟是哪一个形容词更加贴切，我一个人过得很不错，除了破纪录的几个月都没有逛街，除了不能忍受睡觉之前伸手关掉最后一盏灯的那一瞬间，除了早晨，透明的柠檬色的阳光穿过三米高的落地窗照进来，把我从最温柔的梦里弄醒，发现身边并没有熟悉而温暖的身体。除了收到那些天涯海角的来信，想起那个人正在对着一个不知通往哪里的时空的虫洞，轻声细语地诉说：我此刻尚在思念你。除了以上所有，总的说起来，我过得还算不错。

每逢假期，如果不用写作业或是背书准备考试，我就去旅行。在那之前，我从来就不是一个合格的旅行者。我到过不少地方，但是，抱歉，请不要问我哪里有美丽的风景，也不要问我某个著名的大教堂或是博物馆在哪儿，因为我至多只记得哪条街的商店值得一逛。不过现在，我真的开始旅行了，和各种各样的人一起去任何还没来得及印下我脚印的地方。比如，搭一个西班牙人的车子一路去到巴塞罗那；和贝内背包一路向北，在极光下面的木屋旅馆里听萨米人唱歌，听不懂歌词但听得出伤感；和同学去阿尔卑斯山，二十几个人在一个小镇酒吧打地铺，滑雪的时候把左手手腕摔断，石膏和绷带上写满了祝福和调侃的笑话……那一年里面我去过的地方加起来或许并没有从前的多，但感觉上却好像走了很远的路，经历了更多的事情。

不过，话又说回来了，可能是我走得还不够远吧，我始终没办法在旅途中和思念的人相遇。毕竟，那种浪漫的不期而遇，我自己也不相信。

次年的复活节来临之前，妈妈在枫丹白露附近的一座小教堂里受洗，皈依了天主教。讽刺的是，囧叔出身于一个正统的英国新教家庭，打小就是圣公会教徒。不过不管了，至少在我眼睛里，他们的信仰总算是接近了。

不久之后的一个周末，我陪她去了一趟鲁尔德朝拜圣地，那是位于法国西南部比利牛斯省的一个小镇，传说镇上教堂公园里的泉水可以治愈一切残疾和病痛。我不信教，很知趣地站在外面，一直等到妈妈拿着大大小小十来个灌满圣水的矿泉水瓶子出来，声称这瓶要送给谁谁谁，那一瓶又要送给谁谁谁和谁谁谁。短短两天的朝圣结束，我们坐火车去图卢兹，在那里坐飞机回巴黎。在机场上飞机之前，那些装满无色液体的瓶子不出意料地引来怀疑，被要求每一瓶都打开喝一口，因为数量太多，妈妈喝不过来，把我也拉来帮忙。我看着那些瓶子上印的圣母像，以及瓶口蹭上的一点点淡淡的口红印，带着百分之五十的调笑、百分之五十的怀疑，喝了几口。直到走上飞机的舷梯，不知道还来不来得及，有一秒钟时间，我突然变得虔诚，低下头默默许愿：我要他回来，我要他回来。

时间一天一天过去，我盼望着林晰的来信，邮戳告诉我他正穿越欧亚大陆，离巴黎越来越近。同时也害怕。怕有一天，信里的话变了，或者在我不知不觉间，已经开始变了。我反反复复地读那些句子，恨不得拿游标卡尺来量其中的深浅。

五月份，最后几门考试陆续开始了。除了一门法律，我其他课都拿到不错的成绩。法国大学及研究生阶段常用的评分等级有Tres bien，Bien， Assez bien，Passable，相当于优、良、中和及格，乐观地估计，我总评拿个“Bien”应该还是没有问题的。商业计划的那门课是口试，安排在最后，考试结束之后就只剩下找实习和写论文了。布什那张臭嘴照例把我们辛苦做出来的东西好一顿嘲笑，特别是财务方面。我又没忍住，嘲笑回去。从办公室出来，三个人都泄气了，低着头默不作声地走到街上。出了校门，发现到处都是反美游行的人群，打鼓的、吹圆号的、举标语的，人人都在大喊：“布什是凶手。”

马蒂尔德突然抬头问了一句：“他们是不是在说我们这门课要当掉了？”

尼古拉斯和我愣了一下，然后忍不住大笑起来。

我们道别分手，我一个人沿着古尔塞勒大道走到地铁站。春末夏初的巴黎天黑得很晚，傍晚时分的阳光仍旧明亮炙热。游行的人群越走越远，渐渐听不到他们的声音了。路上停滞的交通逐渐恢复起来，灰尘、汗水的味道、汽车尾气、新割过的青草味儿、花坛里粉色郁金香略带苦涩的香气混杂在一起，一切都是那么真实而真挚，我忍不住翘起嘴角露出微笑，只因为我很清楚自己已经足够成熟，能够面对最坏的结果了。

一个礼拜之后，成绩出来了，贴在学校的公告栏里面。出乎所有人的意料，我们竟然拿了全班最高的分数。学院秘书把计划书发下来还给我们，我粗粗翻了一遍，布什改了很多地方，最后一页的空白处有一个手写的句子：La rêve continue（梦想在继续）。

当然，作业终归只是作业。参与这个计划的小组成员最终各奔东西，马蒂尔德在里昂一个画廊找到工作，尼古拉斯转了一圈还是在一家律师事务所里找了个活儿，回法律界工作了。而我也忙着到处发简历，巴望能在巴黎找一个艺术经理人的办公室实习。

实习很快找到了。我找了贝内帮忙，最后还是通过朱子悦的关系，一个颇有名气的艺术经纪公司接受了我做见习助理。五月中旬开始上班，工作地点在拉丁区一栋华丽的老房子里，同楼的基本都是设计师沙龙，底楼还有一家画廊。而所谓的“艺术经纪”也就是为艺术家寻找观众和提携者，组织各地的巡回展出，借助媒体做台前幕后的商业炒作。这份工作跟我学的专业很合，薪水不坏，不过我总觉得自己还可以做更多事情。

我又开始了朝九晚五的生活。每天早上八点钟出门去搭地铁，那个钟点的巴黎完全不是游客们通常看到的慢悠悠的样子，人们睡眼惺忪，但脚下却不闲着，在自动扶梯上走得更是健步如飞。在哪里进站，哪里倒车，哪里出站，哪里转弯，根本容不得你看指示牌，放慢脚步哪怕半拍就可能被后面的人撞到。

我每周工作三十五个小时，年假有二十天之多。除了写论文，我还有时间做一些其他的事情。我大致算了一下，实习的收入足够生活，手头还剩下约一万欧元的积蓄。于是，我又想到了我那本装帧精美且拿过高分的计划书。在对着一个专门帮助创业的网站研究了一个礼拜之后，我意外地有了一个新的合伙人，贝内。

她拿到律师资格之后没有进事务所工作，一直在为一些没有名气的艺术家代理知识产权的官司，几乎没有什么收入。她对我计划书里的构想非常感兴趣，这也正是她想做的事情。那个初夏的夜晚，我们一起在我公寓附近的小饭馆吃饭，然后走回去，盘腿坐在那张超大号床垫上一直聊到深夜，越来越觉得这不完全是件异想天开的事情。第二天凌晨，贝内离开我那里的时候，我们已经成了合伙人了。这个新的合伙人也带来了新的投资，她没有积蓄，但在蒙玛特附近有一所房子，沿街，两开间门面，上下两层，她父亲给的，出租的收入供她生活。地段很好，可以收回一半来做办公室、迷你展厅和注册地，同时也可以抵押，带来更多的启动资金。

仅仅几天之后，我们这两个同岁的姑娘就开始为L’Espace XL奔走了。得到巴黎年轻艺术家协会的帮助，我们申请到了非营利性机构的资格，免税，并且可以合法接收捐款。正式注册的时候，两个人都还不到二十六岁，还可以申请青年创业基金的无抵押贷款。

那一年的夏天，我们两个人谁都没有去度假。贝内告诉我，那是她年满三岁之后第一次留在巴黎过完整个八月，而我更是忙得恨不能不吃不睡。我不愿意放弃刚刚开始上手的实习，因为做此类工作有很多机会学到以后用得到的东西，比如和画廊、设计公司、赞助人以及著名艺术家打交道，得到他们的联系方式，并赢得信任。同时还要写论文，九月十五号之前至少码好五万个字交到布什手上。偷懒肯定不行，不管创业计划那门课他给我打了多高的分数，我相信此人是绝对不会在论文上面徇私情的。

在工作和写论文之外，我所有的时间都花在L' Espace XL上面。贝内没有全职工作，比我空闲，又是本地人，做起事情来更顺手一些，但我却不愿意把事情都推给她去做，总是好像要跟她比赛似的，尽可能地多揽下一点任务来。在内心里，我知道自己不是为了要逞强，只是想为这个计划做更多的事情。而这样做的代价，不过就是忙得一整天忘记了喝水，或者一边开车一边吃两三块钱的法式三明治，混充一顿中饭，所幸那段日子刚好是夏天，总是吃冷的也没有犯胃病。相比我极致精简的菜单，老板留给我吃午饭的时间却非常充裕。经纪人办公室的午休时间有两个半小时之久，我经常利用这段空当出去办事。能开车的地方就开车，要是不方便停车就坐地铁去。

有天中午，我去银行办事，和分管小额业务的客户经理谈贷款的事情。在他的办公室里稀里糊涂地看错了时间，直到进了地铁站才发觉自己上班快迟到了。刚好一趟列车进站，我也不管脚上穿的是后跟七公分的高跟鞋了，撒腿就在站台上跑起来，快到车门口的时候，一步没踩稳摔了一跤，我顾不上疼，硬撑着站起来，一瘸一拐地上了车。车门在身后“哐”的一声合上，我在门边一个空位子上坐下来，喘了口气才发觉两边膝盖都摔青了，右脚的脚踝好像也扭了一下。

坐在我旁边的一位大爷看看我，问：“不要紧吧？”

我摇摇头，笑起来，对他说：“以后再也不穿鞋跟一寸以上的鞋子了。”

不过，第二天早晨我就忘记了这句话，照样穿自己喜欢的鞋子出门。只不过为了遮住膝盖上的淤青，接下去的一个多月里面，我只能穿裤子或者过膝的长裙。

十

/

这是一支离别过往的歌

/

我说："永远和我在一起。"他没有回答，但是我懂他的眼神。

他的嘴合在我的嘴唇上，我知道我们再也不会分开了。

也正是在那段时间里，我见识到了一个原来以为熟悉，其实根本不了解的圈子。方才知道，我想帮助的那些年轻艺术家并不全都是想象当中二十一岁的林晰的样子。那几个月里，我们见到各种各样的人，听到稀奇古怪的故事，体会不一样的经历。有些事情，尽管超出我可以接受的范围，我也尽量去理解。不断地对自己重复妈妈说过的那句名言：Les artistes sont les nouveaux aristocrates（艺术家们是新贵族）。可能不仅仅是艺术家吧，所有人在某种情形下都会做出叫人瞠目结舌的事情。而作为观众，如果你足够耐心、足够宽容，总会从中发现些什么，至少是一些启示吧。

二十四岁的弗兰克·鲁泽，希望和另外两个朋友一起办一次混合媒体装置展览。我们谈了大约两个小时，从头到尾他都动个不停，一会儿坐下，一会儿又站起来，跳起来试图摸到天花板。我只当他是个性极端活泼，直到他离开之后，贝内捂着脸笑起来，说：从没见过有人嗑了药可以high这么久的，实在应该问问他是在哪里入的好货。

二十七岁的埃瑞尔，正在拍摄一个关于青少年厌食症的纪录片，留着一个短到不能再短的男人头，那发型看起来跟我十几岁的时候很相像。她信誓旦旦地告诫我，这个星球上所有的好男人都做了同性恋，所以，上个月她刚刚“皈依”成为“蕾丝边”。有那么一个瞬间，我想反驳她，最后却什么都没说，只因为不能确定那个可以作为正方论据的人是不是还在这个星球上面。

“男人总是撒谎。”埃瑞尔总结道。

我笑了笑回答：“女人也撒谎。”

她点点头，也笑起来，然后说：“不过，女人撒谎的技巧更好一些。”

这句话说得没错。

法波尔和林德赛是合用一间画室的好朋友，最初见到我们的时候，他们俩还有三个月就要从巴黎美术学院毕业了。在我的印象里面，法波尔是腼腆内向的那个，林德赛则要活跃得多。半年之后，法波尔的一幅画在L’Espace XL正式开幕的时候展出了，也是我们经手卖掉的第一件作品。而那个时候，林德赛已经失踪了整整四个月。学校在他失踪之后的第三天报了警，他的父母亲也从海峡对岸的多佛港赶来了。但警方的观点是有意识的出走，没有立案就结束了调查。因为在彻底销声匿迹之前，他烧掉了在美术学院学习期间的所有画作和草稿，并且在画室里他睡的那张折叠床上留下了一件修士穿的僧袍。

就这样，我在巴黎度过的第一个夏天，匆忙地、沉重地结束了。一个人走在夏末秋初鲜明艳丽的阳光下面，我又开始胡思乱想——如果所有消失的人都去了同一个地方，我倒也想试一试消失一下。离开之前，我会烧掉什么，又留下什么呢？

九月四日，星期一，L' Espace XL正式开始运作，最初的会员是巴黎美术学院、高等装饰艺术学院、高等工业设计学院拉来的四百五十名在校或已经毕业的学生。也正是在那一个月，我交了论文，辞掉了工作，开始全天在蒙玛特的小办公室里工作。

九月十五日我收到林晰的来信，发自奥地利的萨尔斯堡，信里只抄录了一首歌词，保罗·塞门和葛芬柯的《斯卡布罗集市》：

问尔所之，是否如适
蕙兰芫荽，郁郁香芷
彼方淑女，凭君寄辞
伊人曾在，与我相知

嘱彼佳人，备我衣缁
蕙兰芫荽，郁郁香芷
勿用针剪，无隙无疵
伊人何在，慰我相思

嘱彼佳人，营我家室
蕙兰芫荽，郁郁香芷
良田所修，大海之坻
伊人应在，任我相视

嘱彼佳人，收我秋实
蕙兰芫荽，郁郁香芷
敛之集之，勿弃勿失
伊人犹在，唯我相誓

我也从网上找了那首歌来听。那个时候，我并不知道这是他的最后一封信，只是乐观地相信我们是在同样的歌声里面度过相似的秋天的。

整个十月和十一月悄无声息地过去了，十二月又过去一半，我再没有收到朱子悦转寄过来的信件。刚开始，那是一件很煎熬的事情。我犹豫了很久，不知道自己应不应该去问一下朱子悦。

但是，这个问题似乎牵扯到太多过去的事情，我们三个人之间的事情，让我觉得实在太尴尬了，一直没办法开口问她。而且理智地说，我也不相信她会故意不给我林晰的消息。

日子一天一天过去，忙碌却又波澜不惊。渐渐地，我接受了这个现实——他不再给我写信了，也慢慢地开始相信，也许真的是时候放下过去，往前看了。毕竟，在所有醒着的时候，我几乎都记不起他的样子了。我们认识差不多有七年，在一起也有五年多，在那段时间里，他不喜欢出现在任何一种镜头前面，我没有他正脸的照片，更没有视频。也许真的是这样，男女之间的感情，即使再深再艰难，也总有淡忘的那一天。但是梦境，梦境，他出现得清晰真实，就好像他从来没有走远，好像我们从来没有分开过似的。可能这就是所谓因果报应吧，我体会到了那种感觉，你爱一个人而他不爱你。

人的一生充满了不确定，除了不断变老直到死去，只有一件事情是肯定会发生的，那就是犯错，不断地犯错，伤害别人，同时也被别人伤害。如果你想要从过往的烂摊子里走出来，恐怕只有学会遗忘、开始成长了。至少现在，我是大人了，我学会了控制情绪和感情。不管感觉多么糟糕，我仍旧忙碌，存心忙碌。办公室的电话时不时地响起来，有的时候带点神经质，有时候四平八稳，我开始觉得铃声也会跟打电话人的性格脾气相似。如果我的假设是真的，那么透着点难以意料的浪漫和温柔的铃声，一定是林晰的。

冬天来临之前，我们雇用了一个学工业设计的女生兼职。兼职的女孩子十八岁左右，薪水几乎就是意思意思的，不过她很愿意来做此类工作，另外也可以从学校领到实习补贴。当她说她也想成为我这样的人，我多少还是有点惭愧的。

L' Espace XL有点艰难地挨过最初的三个月，幸存了。正好赶上第一场我们独立策划的展览，朱子悦和我妈妈都拉了些各自圈子里的人来捧场，与刚开始运营时的落寞截然不同，这一次现场有媒体了。那天晚上，贝内开了一瓶酒，一一斟过来，到我这里刚好是最后一杯，有人说："喝到最后一杯的人会第一个结婚！"大家都跟着起哄，我却好像很开不起玩笑那样，几乎要哭出来。正好报社的人过来拍照，所有人都举起酒杯，我那副尴尬的表情也同时被定格下来，很小的一张，登在《巴黎竞赛报》"文化活动"版面的角落里。

圣诞节的假期来临之前，身边每个人都在讨论度假计划。妈妈和囧叔突发奇想打算去热带国家过冬天，马上出发，圣诞节也在那里过。我没有跟去。贝内和几个朋友准备在圣诞节之后去孚日山滑雪，要在那里待到假期的最后一天才回巴黎，我还没有决定要不要跟他们去。

下午，那个冬天的第一场雪飘然落下。贝内是老巴黎了，她告诉我，“白色圣诞”在巴黎很难得，一般总要等到一月份才下雪。不过，从天上飘落的只有星星点点的雪花，落到地上几乎立刻就化了。天气一下子冷下来，路上变得又湿又滑，行人和车辆全都小心翼翼地缓慢前行。这样的天气和我初到纽约的那个冬天很像，我靠在窗边看了一会儿，直到贝内走过来，打开窗，凑在风口上吸烟。冰冷的风让我打了个寒战，赶紧退到房间里面。

做兼职的那个女孩子正在门口的位子上接听电话：“是的，我们接受三十岁以下年轻艺术家的作品，必须是没有发表过的作品。平面作品……对，摄影和绘画都可以……年龄恐怕没办法，我们隶属于年轻艺术家协会……”

电话那头不知道说了什么，引得她笑起来：“不，这个我倒不知道。”她挂掉电话，对我笑道，“这个人很有趣，他猜XL是你情人的名字。”

我愣了一下，没有回答。

倒是贝内在窗边回过头，说：“你该告诉他，是指情人的尺寸。”然后两个人一起笑起来。

我也跟着笑了笑，浑身好像冷得微微发抖，回到自己的位子上去做事。一直等到五点钟，兼职的女生走了，贝内也开始收拾东西，问我，二十六号到底跟不跟他们去孚日山。我说反正一个背包就可以出发，到时候再说。

“圣诞节你真的一个人过？”她又问。

我点点头。

“来跟我们一起吧，肯定不带一点宗教味儿，就像复活节，对我来说就是巧克力蛋和巧克力兔子。”

“反正不远，到时候再说。”

“都是到时候再说，听上去好像你另有打算咯。”她嘲笑我，随手把电话扔过来，液晶屏上还留着最后一个来电号码，“赶紧打过去吧，不过你要记住，你是个美女，他是个笨蛋。如果他让你不快活，立刻甩掉！”

她的话让我开心地笑了一阵儿，似乎也没那么紧张了。她穿好大衣，戴上帽子围巾，背着个七十升的大背包，朝我眨眨眼睛，推门出去了。等她走了，我又磨叽了一会儿，感觉好像过了很久，看看手表，分针刚刚走过一小格。我豁出去了，深呼吸一次，按了那个号码打回去。响了很久，没有人接听。我并没有太过失望的感觉，因为那可以说是意料之中的事情了，那串数字不是手机号码，可能只是路边的公用电话。我站起来，在房间里走了一会儿，然后又坐下来做完手头上最后一点事情。电话就放在左手边上，眼睛的余光就可以看到，却始终没再响起来。

一直到八点钟，我的手机倒响了。显示的是一个熟悉的号码，那是一个报社的摄影记者，跟我和贝内差不多年纪，帮过我们几次忙，然后就开始打电话发短信给我，要约我出去。我接起来，他问我在哪里，我说还在办公室，有事情没忙完。他说那他过来找我。我赶紧说别来别来，我马上就走了。挂了电话，就七手八脚地收拾东西锁门。正要拉楼下的卷帘门的时候，那家伙居然已经到了。那天，我穿的是一件斗篷式的大衣，袖子和身体连在一起，胳膊没办法完全抬起来，够不到卷帘门的拉手。他好不容易抓到一个机会表现绅士风度，自告奋勇地要帮我拉。我存心不让他帮忙，跳了一下，够到了，却不承想他就拿出照相机对着我一通猛拍。

“这样用闪光灯可不太好。”有人在他身后说，那声音叫我心头一颤。

我不记得那个无关紧要的人最后是怎么被打发走的，只知道林晰就站在我面前，隔着一步半的距离。

我说：“嗨，你好。”说得极其冰冷，但还是不由自主地走近他。

他抬起一只手，把我脸颊边上的一缕头发拢到后面去，看着我，笑着，轻声说：“看看你啊……”

我仿佛在梦里，没有反应。

“怎么没去度假啊？”他问我。

“我喜欢冬天下雪。”我答非所问。

我们肩并肩地走，穿过一个古老石板铺就的小广场。走着走着，我终于靠近他，手伸进他大衣口袋里去，里面塞着一副触感细腻的羊皮手套。他的手也跟着插进来，温暖柔润，像装着四十摄氏度热茶的瓷器。我的车趴在广场另一面的博物馆停车场。不知道为什么，时光流转，今天轮到我带他回家。

我们上车。停车的地方很挤，我很熟练地倒出来，甚至还记得提醒他系好安全带。

“你会在巴黎待多久，三天还是一周？”路上我问他，语气轻松，眼睛盯着前方。

话说出口的下一秒，我就后悔了，明显是带着些怨气的话，他会怎么回答？他会怎么看我？

他却没有理会我的问题，反而说：“那个时候，我也可以不走的。”

我知道他在说什么。

“我不舍得走，但是我不想看到你那么难过，也不想那个样子过下去。”他继续说，然后就沉默，转头看着车窗外面，只留给我一个侧脸。

从反光镜里面看不见他的眼睛，不过这样反而更好，我可以肆无忌惮地看他，他的脸颊，嘴唇，以至于车子差一点开过了头，错过了那个应该转弯的路口。

我住的那栋公寓有老房子常见的那种非常高的木门，我按了密码开门领他进去。电梯停在底楼，铁栅门拉起来，里面只有一张报纸摊开来那么大的地方，不想靠近也得靠近。

“你看起来过得不错嘛。”我没话找话说。

他笑了笑回答：“你该看看我去年在南美时的样子。”话说得很轻松，语气里甚至还有一点自嘲的味道。我也想做出一个无所谓的笑脸，试了一下，却做不到，那样子一定傻到极点。他伸手揽过我的肩膀，我不能再控制自己，转身靠在他身上。他抱住我，亲吻我沾着眼泪的嘴唇，一直吻到电梯停下来，才松开手领我出去。

我哭着说：“我过得也很糟糕。”

“我知道。”他回答，“《巴黎竞赛报》那张照片里，你笑得一点也不快乐。”

我们在走廊里拥抱着站了很久，直到我哭够了，才想起来要带他进屋。昏暗的灯光下，我掏出包里乱七八糟的东西找房门钥匙，他看着我笑。不用他说，我也知道，归根结底我还是他记忆里的那个神经大条、丢三落四的傻妞儿。

钥匙总算找到了，我打开门，但没开灯，希望屋子里能够暗一点再暗一点，只因为黑暗可以遮掩我们的神情和身体，好让这个时刻不那么尴尬。但是，不知道什么时候，室外已经积起了一层薄雪，对面房子屋顶变成白色，反射着月光，把房间照得很亮。他走近我，两个人几乎同时低下头，不敢看对方的眼睛。我脱掉大衣，里面穿的是一件白衬衣和黑色塔夫绸的裙子，很致密的面料，有棱有角的。他的手放在我身上，抚摸我，我从来不知道衣料会发出如此性感的声音，就像茶匙轻轻敲碎布丁上面凝结的焦糖，下面是难以察觉的乱了的脉搏。那声音让我们有些手忙脚乱，直到衣服一件接一件落到地上，一切变得柔软无声，而他温热的皮肤摩擦着我的身体，才从容和温柔起来。

开始了很久之后，我仍旧觉得自己在做梦，他的温度、体重，他的手紧扣我手指的动作，一切的一切都是我很长时间以来一遍又一遍在梦里温习过的。直到两个人都闭上眼睛，脸向着无可企及的快乐扬起，我才渐渐相信这是真的。

我似乎睡过去了一会儿，又被特别明亮的月光弄醒。我闭着眼睛，伸出手，却只摸到一片冰凉的床单。还是个梦吗？我一下子惊醒，几乎立刻就用一种从来没有过的悲伤的声音呜咽起来。而他其实就在我身后，一只手搂着我的肚子，另一只放在我心口上。那动作温暖而轻柔，熟悉得叫人察觉不到。我翻身面对着他，看着他的眼睛，他也看着我。我说："永远和我在一起。"他没有回答，但是我懂他的眼神。他的嘴合在我的嘴唇上，我知道我们再也不会分开了。

我知道这种感觉跟他说过的那种爱情很接近。